Maty H
Détective Privée

Maty H
Détective Privée

Maria Luz A. T.

© 2023, Maria Luz A. T.
Dépôt légal : juillet 2023
ISBN : 978-2-3224-8500-0
Prix de vente : 11,99 €

Édition : BoD - Books on Demand, info@bod.fr

Impression : BoD - Books on Demand, In de Tarpen 42, Norderstedt (Allemagne)
Impression à la demande

Chères lectrices, chers lecteurs

J'espère que vous prendrez autant de plaisir à lire mon livre
que j'en ai pris à l'écrire.

Prologue

Ça y est ! Je suis détective privée !

Attention, femmes volages, car je suis là pour renseigner vos maris !

Quant à vous, femmes trompées, je vous aiderai à plumer les vôtres, car il est hors de question qu'ils s'en tirent à si bon compte.

Vous vous demandez sûrement pourquoi je m'adresse à vous de la sorte, chères lectrices.

Eh bien je vous dirai que je me suis décidée à écrire mes mémoires tant que je suis encore dans la fleur de l'âge. Tout d'abord, pour ne rien oublier ; ensuite, parce que je veux être pour vous un modèle à suivre.

C'est pourquoi dès aujourd'hui, je noterai dans ce livre mes pensées les plus intimes et raconterai chacune de mes affaires, bien entendu.

En lisant mon histoire, vous aurez l'impression de lire un roman ; c'est normal, je voulais que vous puissiez vous imprégner des personnages, afin de mieux vivre mon aventure.

En tant qu'auteur j'emploierai souvent le terme « je », alors que toute mon enquête sera racontée à la 3ème personne du singulier (normal, puisque parfois les choses racontées ne se sont pas passées en ma présence ou ce sont les pensées de quelqu'un d'autre).

Mais assez perdu de temps et commençons mon récit.

Je suis née à Rome il y a un certain nombre d'années ; ne me demandez pas ma date de naissance, ça ne se fait pas. Il y a une règle d'or à ne pas transgresser, c'est de ne jamais demander son âge à une femme. Le jour de ma naissance, mes parents m'appelèrent Catarina, en souvenir de ma grand-mère paternelle que je n'ai jamais connue. À leur époque, c'était bien ; mais de nos jours, c'est commencer sa vie avec un réel handicap, et il n'y a rien de plus terrible que ça. On devrait interdire aux parents de donner ainsi des prénoms de génération en génération. Toute sa vie durant, on sera comparé à un défunt ; on aura beau faire, jamais on ne pourra être à sa hauteur. Comme si je n'avais pas été assez punie comme ça, ne voilà-t-il pas que j'ai six frères pour me surveiller. Six machos qui veulent jouer les gardes du corps ; comment, dans ces conditions, trouver un mari ? Si ça continue, ils vont finir par faire de moi une religieuse.

Malgré cela, une bonne fée s'est pourtant penchée sur mon berceau, faisant de moi une femme sublime : je mesure un mètre quatre-vingts, j'ai des jambes à damner un saint, et je suis brune aux yeux bleus. Sans doute un ratage, car d'aussi loin que je me souvienne, il n'y a personne aux yeux bleus dans ma famille, si ce n'est mon arrière-arrière-grand-mère du côté paternel ; du moins c'est ce que mes parents m'ont raconté tout au long de ma jeunesse ; en plus il paraît que je lui ressemble. Ayant grandi avec des garçons, je sais jurer et cracher aussi bien qu'eux, mais ma ressemblance avec eux s'arrête là, car je suis féminine jusqu'au bout des ongles.

Je passe des heures à m'occuper de mon corps, et le résultat en vaut la peine. C'est justement grâce à cela que j'ai été remarquée par un très grand couturier qui faisait un défilé devant la fontaine de Trevi. Lorsqu'il m'a vue, il m'a immédiatement proposé de le suivre à Paris pour être mannequin. Il me payait le voyage en avion et l'hôtel ; le rêve, quoi ! La liberté loin de mes parents, et surtout des six gardes du corps que je supporte depuis ma naissance. Aussi vous comprendrez, j'en suis sûre, que je ne pouvais pas refuser une telle offre. J'ai tanné mes parents durant une semaine pour qu'ils me laissent partir, et c'est comme ça que j'ai eu leur approbation, mais à une condition : que j'aille chez tante Gina et son mari à Paris. Tous deux sont gérants d'un petit restaurant italien dans le 8ème arrondissement.

À ma place, qu'auriez-vous choisi ? Devenir religieuse à Rome ou une bombe italienne et sexy à Paris ? Je sais que le dilemme est grand, mais j'ai préféré sacrifier une vie monacale pour une vie de folie.

Attention, Paris, me voici !

Chapitre 1
Un mannequin à Paris

Je viens d'arriver à Paris et j'ai l'impression de rêver ; les gens courent dans tous les sens et le métro ressemble à une véritable fourmilière.

Les Parisiens doivent être aveugles : ils ont devant eux une véritable bombe sexuelle et pas un seul n'a encore essayé de me faire du gringue ; à moins qu'ils ne soient tous gays ? J'espère que non, car pour certains d'entre eux ce serait vraiment dommage ; après tout, je ne suis pas venue à Paris que pour jouer les mannequins, mais pour trouver la perle rare, celui qui fera battre mon cœur. Même si pour l'instant je n'ai nullement l'intention de me caser ; je suis quand même un sublime papillon et je n'ai qu'une envie : butiner les fleurs qui croiseront mon chemin.

Arrivée devant le restaurant, j'ai posé mes valises au sol, levé les yeux et lu l'inscription sur la devanture du restaurant : *Chez Gina.*

— Tante Gina ! C'est moi, Catarina, ta nièce préférée ! ai-je crié à tue-tête.

Les ouvriers qui prenaient leur petit déjeuner se sont retournés d'un seul bloc et –sont tous restés bouche bée, tant ils étaient subjugués par ma stature et ma beauté. En m'entendant appeler la gérante du restaurant, tous se sont tournés vers elle pour lui demander de faire les présentations.

Mais bien sûr ! Voici ma nièce Catarina, et comme vous pouvez le voir, elle vient tout juste d'arriver.

Je suppose que vous ne connaissez pas Paris, mademoiselle ?

— Non, et je suppose que vous mourez d'envie de me servir de guide ?

— Ma foi, pourquoi pas ? Je suis un très bon guide et je connais chaque coin et recoin de cette ville.

— Je n'en doute pas un instant, mais je préfère découvrir Paris par mes propres moyens, c'est beaucoup plus excitant.

— Mademoiselle, comment se fait-il que vous parliez aussi bien le français ?

— J'ai appris le français à l'école, car j'avais toujours espoir de venir un jour à Paris.

— Donc on peut dire que votre rêve s'est réalisé.

— Absolument !

— Allez ! Laissez-la donc respirer un peu, leur dit Gina. Elle vient tout juste d'arriver. Lorsqu'elle se sera reposée, vous verrez de quoi elle est capable. Si vous aimez ma cuisine, attendez donc de goûter la sienne, vous ne quitterez plus mon restaurant !

— Si elle est si douée que ça en cuisine, je ne demande qu'à voir.

Gina prit les bagages de sa nièce et la conduisit jusqu'à l'arrière du restaurant, qui donnait sur un hall d'entrée d'où partait un grand escalier de bois en colimaçon menant aux appartements qui occupaient les six étages. Gina conduisit sa nièce au cinquième ; arrivée sur le palier, elle ouvrit la porte de gauche. Elles entrèrent dans un grand appartement composé de deux chambres, d'un salon avec un grand balcon, d'une cuisine et d'une salle de bain avec une grande baignoire en fonte émaillée.

— Catarina, voici ta chambre, j'espère qu'elle te plaira ; si jamais tu as besoin de quoi que ce soit, tu sais où me trouver ; dans le tiroir de ta commode, il y a les clefs de l'appartement. Si jamais tu rentres par l'entrée de l'immeuble, il te faudra utiliser deux codes : un pour l'entrée principale qui n'est autre que la grande porte en bois, et l'autre pour accéder aux escaliers ; je les ai notés sur le papier qui est à côté de la clef. Surtout tu tapes le code sur la porte de droite, car c'est celle de l'escalier qui conduit à notre appartement. Si tu as faim, il y a de quoi manger dans le frigo. Ta mère m'a dit que tu avais été contactée pour jouer les mannequins ?

— C'est tout à fait ça ; mais j'ai quelques jours de liberté devant moi, et la première chose que je veux faire, c'est m'ouvrir un compte afin de déposer les différents chèques qui m'ont été donnés.

— Ça va être ton premier vrai compte, si je comprends bien.

— Oui. J'ai bien un compte en Italie, que mes parents m'ont ouvert le jour de ma naissance, mais il n'a servi qu'à déposer l'argent de mes anniversaires ou celui que l'on me donnait çà et là. Seulement il n'a jamais été prévu que je dépense cet argent pour autre chose que mes études.

— Je vois ; et j'imagine la réunion de famille qu'il a dû y avoir autour de cet argent.

— Si ça n'avait pas été à cause de mes frères, j'aurais pu en disposer ; seulement ils ont convaincu mes parents que je voulais cet argent pour le gaspiller. Du coup, tout le conseil de famille a voté pour que mon livret reste à Rome, tandis que moi je serais à Paris.

— Ne t'en fais pas ; demain nous t'ouvrirons un compte et tu seras la seule à pouvoir l'utiliser.

Heureuse d'apprendre la nouvelle, Catarina se jeta dans les bras de sa tante pour l'embrasser, tant elle était heureuse.

— Je dois descendre à présent, mais tu es ici chez toi, défais tes bagages et repose-toi un peu. Lorsque tu auras récupéré du voyage, va donc faire un tour dans le quartier, je suis sûre que tu trouveras les boutiques toutes plus merveilleuses les unes que les autres.

Catarina rangea ses affaires dans le placard, et sans même prendre de repos partit se promener. Elle visita le Printemps, les Galeries Lafayette, la gare Saint-Lazare… Elle marcha pendant des heures avec ses chaussures à talons sans même s'en rendre compte, jusqu'à ce que son ventre se mette à gargouiller. Elle se rappela alors qu'elle n'avait rien avalé depuis son départ, et comme le soleil commençait tout doucement à descendre, elle trouva plus judicieux de faire demi-tour tant qu'il faisait jour, afin de bien garder ses repères en tête et qu'ils ne soient pas faussés par le crépuscule.

De retour à l'appartement, elle se fit un encas et se prélassa dans un bon bain. Bien détendue, elle descendit voir sa tante qui préparait les plats qui seraient servis au dîner.

— Tu veux que je te donne un coup de main, tante Gina ?

— Je n'ai pas encore préparé les desserts ; si tu veux, tu peux le faire. Alors, raconte-moi : tu as visité un peu le quartier ?

— Oui, et je trouve qu'il est merveilleux ; il y a tant de gens, de lumières, de bruits, on dirait une véritable fourmilière.

Tandis qu'elle racontait ce qu'elle avait vu, Catarina avait les yeux qui brillaient.

Gina se rendit compte que jamais elle n'avait vu sa nièce aussi heureuse et épanouie ; c'était sûrement dû à l'absence de ses frères : loin d'eux, elle pouvait enfin être elle-même.

Lorsque l'heure du dîner arriva et que le restaurant commença à se remplir, Catarina donna un coup de main au service, égayant l'atmosphère du restaurant. Les clients trouvèrent le dessert tellement bon qu'ils en redemandèrent, si bien qu'à la fin de la soirée il n'en resta plus une seule part.

La présence de Catarina attira bientôt tant de monde que le restaurant ne désemplissait pas ; sa tante fut obligée d'engager quelqu'un pour aider au service.

Chapitre 2
Le sauvetage

Les jours et les semaines passaient dans la joie et la bonne humeur. Mais un jour que Catarina participait à un défilé de mode sous la tour Eiffel, elle entendit une femme crier :

— Au secours ! Au secours ! Aidez-moi, mon petit garçon vient de tomber par-dessus la balustrade ! Faites quelque chose, il ne tiendra pas longtemps !

Catarina savait qu'on ne pourrait pas attendre l'arrivée des secours ; aussi, alors que tous les regards étaient dirigés vers l'enfant, elle enleva ses escarpins et courut vers l'un des piliers en béton de la tour Eiffel. Sans se poser de questions, elle se mit à l'escalader pour continuer son ascension le long du pied en fer de la grande dame. Au fur et à mesure qu'elle se rapprochait du jeune garçon, elle se souvenait de ses jeunes années, lorsqu'elle escaladait les belles montagnes d'Italie aux côtés de ses frères. Grâce à eux, elle avait acquis une très bonne maîtrise de l'escalade et de la varappe, ce qui aujourd'hui lui permettrait de sauver un jeune garçon en détresse.

La robe haute couture qu'elle portait s'accrochait aux montants de fer, mais elle continuait sa progression. Lorsqu'elle arriva à la hauteur du filet, elle lâcha les solides prises qu'elle avait sur le pied de la tour Eiffel pour s'y accrocher. La cambrure de son bassin et la contracture de tous ses muscles dorsaux lui permirent une plus grande stabilité malgré le vent frais qui la ralentissait.

Tout en se rapprochant peu à peu de l'enfant, elle se mit à lui parler pour le rassurer.

— Comment t'appelles-tu ?

— Thierry, répondit-il d'une toute petite voix.

— C'est un joli prénom ; dis-moi, quel âge as-tu ?

— Huit ans.

— Comment as-tu réussi à tomber de là-haut ?

— J'ai voulu prendre une photo avec mon nouvel appareil et je suis monté sur le rebord.

— Tu sais que tu as eu beaucoup de chance qu'il y ait ce filet.

— Oui, mais je suis très fatigué et j'ai mal aux mains.

— Écoute-moi ; je vais m'accrocher au filet à mon tour pour arriver jusqu'à toi. Lorsque je serai près de toi, tu monteras sur mon dos, tu te tiendras à mon cou et nous descendrons ensemble jusqu'en bas, d'accord ?

— Oui, madame, dit-il, des larmes dans la voix.

Pour ne pas faire trop de vagues sur le filet, Catarina progressait vers l'enfant les pieds en avant. Une fois à ses côtés, elle l'aida à monter sur son dos, il plaça les jambes autour de sa taille et les bras autour de son cou. Elle dit doucement :

— Thierry, ne me serre pas autant ou je ne pourrai pas respirer et nous tomberons tous les deux.

Lorsqu'en bas les gens la virent prendre l'enfant sur son dos, ils commencèrent enfin à respirer, mais ils savaient que tout danger n'était pas encore écarté, aussi s'abstinrent-ils de se manifester trop bruyamment.

On entendit au loin la sirène des pompiers. À peine arrivés, tandis que certains prenaient l'ascenseur pour arriver à l'étage, d'autres commençaient à gonfler un matelas géant pour recevoir la jeune femme et l'enfant, dans le cas où ils n'arriveraient pas à les remonter à temps avant que la fatigue les gagne.

Catarina avançait lentement vers un des piliers de la tour Eiffel. Ses pieds étaient en sang, ainsi que ses mains ; mais elle ne disait rien et elle continuait à progresser inlassablement. Elle ne pensait qu'à une chose : cet enfant devait retrouver sa mère, sain et sauf. Avant qu'ils atteignent le pilier, un pompier tout harnaché arriva jusqu'à eux.

— Mademoiselle, je vais vous passer un harnais autour de la taille, ensuite mes compagnons vous descendront, car c'est plus facile que de vous remonter.

— Non, occupez-vous du petit en premier ; ensuite je ferai ce que vous voudrez ; dépêchez-vous car je sens qu'il commence à desserrer sa prise.

— D'accord.

Le pompier harnacha l'enfant, que ses compagnons hissèrent jusqu'à l'étage ; puis ils lancèrent un autre harnais pour la jeune femme, qu'ils descendirent lentement en compagnie du pompier qui lui parlait tout au long de la descente. Catarina était à peine au sol qu'un policier voulut l'arrêter.

— Hé ! Mais qu'est-ce que vous faites ?

— Vous êtes en état d'arrestation pour avoir escaladé la tour Eiffel.

— Mais si je ne l'avais pas fait, le gamin serait mort à l'heure qu'il est !

— Je ne veux pas le savoir ! cria le policier.

Le pompier intervint, disant que la jeune femme était blessée et qu'elle avait besoin de soins.

— Vous n'avez qu'à la soigner sur place ; mais elle n'échappera pas aux menottes.

Les gens qui avaient assisté à toute la scène se révoltèrent et bientôt il y eut une véritable émeute. Une marée humaine s'avança vers les forces de l'ordre pour libérer Catarina. Comprenant qu'il valait mieux pour eux de ne pas insister, les policiers lui enlevèrent les menottes et la confièrent aux pompiers. Au même instant, la foule s'écarta, laissant un passage assez large pour que l'enfant que la jeune femme avait sauvé puisse la rejoindre. Il courut vers elle et passa ses petits bras autour de sa taille. Elle mit un genou à terre et l'embrassa sur la joue.

— Ça va aller, mon grand, tu verras que dans quelques jours, tu auras tout oublié.

— Merci d'être venue m'aider.

— Y a pas de quoi.

— Comment tu t'appelles ?

— Catarina.

Tout le monde assistait aux retrouvailles de l'enfant et de celle qui lui avait sauvé la vie.

— Tu t'es fait mal aux mains et aux pieds ?

— Ce n'est rien, juste quelques égratignures ; mais toi, tu vas bien ?

— Oui, et maman m'a dit qu'on allait rentrer à la maison.

— C'est très bien, mais surtout ne monte plus jamais sur un rebord pour prendre des photos ! Promis ?

— Promis. Mais comme je n'ai plus d'appareil photo, maman m'a dit qu'elle m'en achèterait un autre.

— C'est très bien, dit Catarina, en ébouriffant ses cheveux.

À cet instant, le grand couturier Jean-Marc Deforge arriva, furieux, levant les bras au ciel et hurlant :

— Vous avez ruiné ma collection ! Et mon défilé de mode ! Vous êtes virée !

Voyant comment les choses étaient en train de tourner pour la jeune femme, le pompier qui l'avait descendue en rappel prit sa défense :

— Vous plaisantez ! Au contraire, elle vous a fait de la publicité gratuite, parce que toutes les personnes présentes ont vu votre création ; votre nom sera sur toutes les bouches, car malgré son ascension sur la tour Eiffel, elle est toujours là.

— Pardon ! Elle a ruiné ma robe.

— Non, monsieur, elle lui a donné une deuxième vie, car dès à présent votre robe va faire fureur, sans compter qu'elle apparaîtra en photo dans tous les journaux du monde.

— Oh, non ! dit Catarina effrayée. Il ne faut pas.

Les deux hommes se tournèrent vers elle.

— Mais pourquoi ? demanda le jeune pompier.

— Parce que si cela arrive, je vais avoir des problèmes avec ma famille, et mes frères risquent de débarquer en quatrième vitesse pour me ramener en Italie. Excusez-moi, mais je dois m'en aller sur-le-champ !

— Je doute que ce soit possible, à moins de partir d'ici en camion de pompiers.

— Alors allons-y tout de suite, vite ! dit-elle en montant à l'intérieur.

Jean-Marc Deforge lui dit :

— Nous reprendrons les photos dans deux jours, le temps de refaire cette robe ; présentez-vous à dix heures du matin.

— Mais je croyais que j'étais virée ?

— Disons que vous avez un excellent avocat en la personne de ce pompier.

— Merci, monsieur Deforge, cria-t-elle alors qu'il s'éloignait.

Elle était si heureuse qu'elle se tourna vers le pompier et l'embrassa sur la joue pour le remercier. Ce geste si spontané souleva une acclamation générale qui fit tout à coup rougir Catarina. On entendit alors dans la foule une jeune femme qui criait :

Laissez-moi passer ! J'ai les affaires de la jeune héroïne…

Comme par magie, elle se sentit soulevée de terre par les gens qui l'entouraient, et fut déposée juste devant le camion des pompiers.

— Waouh, je sais maintenant ce que ressent un chanteur de rock. Heureusement que j'étais en pantalon, sans quoi j'aurais perdu ma virginité, si je l'avais encore eue. Catarina, je suis venue t'apporter tes affaires, car avec cette foule, jamais tu ne les aurais retrouvées.

— Merci, Rosario.

— Mais qui est donc ce bel étalon ?

— C'est mon sauveteur, et la personne qui m'a permis de conserver mon travail de mannequin.

— Et il s'appelle comment, ce beau sauveteur ?

— Ma foi, c'est vrai, je ne lui ai même pas demandé.

— Je m'appelle Anthony Montreuil.

— Et moi Rosario, je suis jeune, célibataire et prête à me laisser prendre entre les griffes de l'amour.

— J'en prends note, mais si vous le permettez, j'aimerais bien finir de soigner votre amie.

— Oh oui, faites donc, et laissez-moi admirer cette musculature en plein travail.

— Je ne pense pas que vous verrez quoi que ce soit sous cette veste.

— Qu'à cela ne tienne, vous pouvez l'enlever si vous voulez, je ne vous le reprocherai pas.

— Je vois que vous avez le sens de l'humour.

— Toujours pendant le service. Imaginez que mon futur mari se trouve ici, je ne voudrais pas qu'il pense que je suis terne et pas drôle.

— Je doute qu'un homme pense réellement une telle chose de vous.

— On ne sait jamais. Imaginons que vous soyez mon futur mari : si je ne vous avais pas dit que j'étais célibataire, vous ne l'auriez pas su et cela vous aurait empêché de me faire le grand jeu.

— Sans doute, mais voyez-vous, Rosario, je crois bien que j'ai eu le coup de foudre pour l'héroïne que voici.

— Forcément, dans ces conditions je n'ai aucune chance ; mais peut-être avez-vous un ami célibataire qui se languit de trouver l'âme sœur ?

— Il faut voir ; dès que je saurai qui vous présenter, j'en aviserai votre amie ici présente. Mais il nous faut partir à présent.

— Je ne pense pas que vous pourrez faire cent mètres, avec toute cette foule qui bloque le passage.

— N'ayez crainte, dès que j'aurai fermé les portes du camion et que nous aurons mis la sirène, ils nous laisseront passer.

—Dans ce cas, allez-y.

Le pompier aida Catarina à prendre place à l'intérieur du camion, ferma les portes, et demanda au chauffeur de faire route vers l'hôpital Boucicaut toute sirène hurlante.

Durant le trajet, le jeune pompier interrogea Catarina.

—D'après ce que disait votre amie Rosario, vous êtes célibataire, c'est bien ça ?

— Oui, mais toutes les questions que vous me posez figurent sur votre questionnaire, n'est-ce pas ? Si j'ai bien compris, vous êtes célibataire, vous aussi ?

— Ça veut dire que j'ai manqué de subtilité ?

— Tout à fait. Mais je suppose que vous agissez de même avec toutes les jeunes filles qui croisent votre chemin.

— Pour être honnête avec vous, pas du tout ; en général, ce sont les jeunes filles que je sauve qui me courent après.

— Oh, je vois ; alors pourquoi ce changement ?

— Le cœur a ses raisons que la raison ignore ; c'est probablement votre statut d'héroïne qui m'a attiré. Si vous me le permettez, j'aimerais m'assurer de la guérison de vos blessures dans les jours à venir.

— Vous voudriez que l'on se revoie ?

— Eh bien, si c'est vraiment ce que vous voulez, je ne dirai pas non, dit-il avec un grand sourire.

— Hé ! Mais vous êtes en train de déformer mes propos !

— Qui, moi ? protesta-t-il d'un air innocent.

— Oui, vous.

— Le fait de me dire « vous » est vraiment très impersonnel, et sans aucun sentiment alors que si vous m'appelez Anthony, c'est beaucoup plus chaleureux.

Les jeunes collègues du pompier, assis à l'avant du véhicule, ne purent s'empêcher d'intervenir.

— Une héroïne comme vous n'aurait pas le cœur de faire souffrir un pompier aussi mignon, et surtout célibataire !

— Si je comprends bien, il s'agit d'une machination !

— Pas du tout, c'est l'entraide masculine.

— Ça va, ça va, je me rends. Vous pourrez venir me voir au restaurant de ma tante Gina, au 10, rue de Laborde dans le 8ème. Je serai à l'intérieur, en train d'aider.

— D'accord, je passerai vous voir.

— Il faudra reprendre cette conversation plus tard les tourtereaux, car nous sommes arrivés à l'hôpital, intervint le chauffeur.

Le jeune pompier conduisit Catarina à l'intérieur et donna aux infirmières de garde son rapport d'intervention avant de la leur confier. Après lui avoir souhaité un prompt rétablissement, il alla rejoindre ses coéquipiers au camion.

Chapitre 3
Idylle naissante

Lorsque Catarina retrouva sa tante au restaurant après le passage aux urgences, la nuit était déjà bien avancée. Avec les pansements qu'elle avait aux pieds et aux mains, elle ressemblait à une grande brûlée. Les bandages étaient si imposants qu'elle ne put se chausser et fut contrainte de rentrer en ambulance. Lorsque sa tante vit tous ces pansements, elle devint livide et ne retrouva des couleurs que lorsque sa nièce la rassura sur ses blessures.

— Je vais bien, tante Gina. J'espère que tu as rassuré tout le monde à la maison, car je n'ai vraiment pas envie de voir mes frères débarquer. Par contre, si tu me le permets, j'irais bien faire un brin de toilette avant de me reposer ; et demain, promis, je te raconte tout.

Sa tante était très inquiète à son sujet, mais voyant son état de fatigue, elle trouva plus raisonnable de la laisser se reposer.

— Demain nous en parlerons, dit-elle à Catarina avant de l'embrasser pour lui souhaiter une bonne nuit.

Lorsque Gina et son mari remontèrent dans leur appartement après avoir fini de nettoyer et de ranger le restaurant, Gina alla trouver Catarina dans sa chambre et la trouva profondément endormie. Elle était tellement préoccupée par les blessures de sa nièce qu'elle n'en dormit pas de toute la nuit. Son mari tenta de la rassurer, répétant ce que leur avait dit Catarina, en vain. Lorsque le jour se leva, Gina prépara le café et alla en porter une tasse à sa nièce.

— Maintenant que tu es réveillée, vas-tu enfin me dire ce qui s'est passé ?

Voyant ses yeux cernés, Catarina comprit tout de suite que sa tante n'avait pas fermé l'œil de la nuit. Pour la tranquilliser, elle lui raconta toute l'histoire, et enleva même les énormes pansements qu'elle avait aux mains et aux pieds pour lui montrer qu'elle n'avait rien de grave.

— Oh mon Dieu ! s'exclama sa tante en voyant les blessures.

— Ce n'est rien, tante Gina, juste quelques égratignures ; j'ai eu pire que ça lorsque je grimpais aux arbres avec mes frères. Ah j'oubliais ! Le pompier qui m'a descendue de la tour Eiffel doit passer au restaurant prendre de mes nouvelles.

— Un pompier doit venir prendre de tes nouvelles ? C'est bien la première fois que j'entends une telle chose.

— Il faut bien un début à tout.

Gina trouva ça étrange, et tout à coup elle eut un petit sourire, avant de demander :

— Serait-il célibataire par hasard ?

— Je crois que oui.

— Hum, hum… Est-il beau garçon ?

— Je n'ai pas vraiment fait attention, mais on peut dire que oui.

— Tu ne connaîtrais pas son nom par hasard ?

— Si, c'est Anthony Montreuil.

— Je vois ; eh bien, nous recevrons ce jeune homme comme il se doit !

— Tu ne vas pas lui faire peur avec tes questions, n'est-ce pas tante Gina ?

— Moi ?

— Oui, toi. Je te connais. Tu es italienne et rien n'est plus important à tes yeux que la famille. Pour t'assurer que je ne risque rien, tu serais prête à lui faire passer un interrogatoire en bonne et due forme.

— Assez bavardé ! Laisse-moi te soigner et refaire tes pansements.

— Tante Gina... Dès que j'aurai terminé, j'irai au restaurant préparer le déjeuner.

Et comme elle ne voulait pas se disputer avec sa nièce au sujet du jeune homme, elle trouva plus judicieux de le laisser venir et de juger par elle-même à qui elle avait affaire. Et si au passage elle devait lui poser des questions, elle le ferait le plus naturellement du monde.

Deux jours plus tard, un jeune homme d'un mètre quatre-vingts, brun aux yeux bleus ayant fière allure et des muscles qui transparaissaient sous son T-shirt, vint au restaurant demander Catarina.

— C'est de la part de qui ?

— Anthony Montreuil.

— Le pompier qui lui a sauvé la vie !

— Soyez le bienvenu dans notre restaurant. Je vous serai éternellement reconnaissante d'avoir sauvé la vie de ma nièce. Il paraît que vous êtes célibataire ?

— Oui, madame.

— Et que vous avez des vues sur ma nièce ?

— Oui, madame ! … Heu… Non, madame !

— Non ? Vous ne la trouvez pas jolie ?

— Oh si, madame, très.

— Donc vous avez des vues sur ma nièce !

— À vrai dire, je …

— Tante Gina ! s'écria Catarina en entrant. Je t'avais interdit de l'interroger de la sorte.

— Qui, moi ? Mais je n'ai rien fait, si ce n'est lui offrir un siège. N'est-ce pas, Anthony ?

— On peut dire ça comme ça ! Je m'apprêtais justement à prendre de vos nouvelles.

— Je vais très bien, merci. Vous ne portez pas votre uniforme de pompier aujourd'hui ?

— Non, car je suis de repos.

— Vous restez déjeuner ? Cela ferait très grand plaisir à ma nièce. Elle n'ose pas vous le demander, c'est pourquoi je le fais.

— Ce serait avec grand plaisir, madame.

— Parfait, dans ce cas je vous apporte quelque chose. En attendant, installez-vous confortablement et discutez avec ma nièce.

Pendant que Gina leur préparait un copieux déjeuner, Anthony et Catarina parlèrent gaiement. Depuis la cuisine, Gina les observait en souriant. Sachant comment avait agi le jeune homme envers sa nièce alors qu'elle était en danger, elle trouvait qu'il était digne de la courtiser, quitte à ce qu'elle lui donne un petit coup de pouce pour le pousser dans cette direction.

Après avoir pris le copieux déjeuner que Gina avait préparé, les deux jeunes gens s'en allèrent faire un tour dans le quartier et leur promenade les mena au parc Monceau, où ils s'assirent sur l'herbe au pied d'un saule pleureur. Ils trouvèrent l'endroit féerique, tant le paysage était verdoyant, et le petit lac artificiel où nageaient des canetons en toute quiétude les fit sourire. Ils avaient l'impression d'être à des kilomètres de la ville. Leur idylle naissante les rendait plus sensibles à la beauté qui les entourait. Ils n'arrêtaient pas de parler et, n'ayant aucune envie de se quitter, allèrent manger des glaces chez Marcos, le meilleur glacier du 8ème. Ses glaces italiennes étaient si bonnes que sa boutique ne désemplissait pas.

La journée passa à une telle vitesse que, de retour au restaurant, ils convinrent de se revoir deux jours plus tard lorsqu'Anthony serait de nouveau de repos.

L'héroïsme dont avait fait preuve Catarina en sauvant l'enfant sur la tour Eiffel avait traversé les frontières, tant et si bien que ses parents apprirent la nouvelle et qu'ils s'empressèrent d'appeler Gina, avant de faire leurs bagages pour venir chercher leur fille. Mais Gina le leur déconseilla, disant qu'en agissant de la sorte ils risquaient de lui porter préjudice alors qu'elle allait très bien et qu'elle sympathisait avec le jeune homme qui l'avait aidée à descendre de la tour Eiffel. Et puis, Catarina avait beaucoup de succès au restaurant avec ses pâtisseries. Gina fut si convaincante que sa sœur accepta d'annuler leur départ.

L'état de santé de Catarina s'améliorait, au point qu'elle put à nouveau porter des talons et défiler sur les podiums.

Chapitre 4
Catarina devient détective privée

Cela faisait déjà six mois que Catarina était à Paris ; les défilés auxquels elle participait étaient de moins en moins nombreux et elle passait le plus clair de son temps en cuisine, dans le restaurant de Gina. Elle aimait préparer les pâtisseries, mais elle n'avait nullement l'intention de faire ça toute sa vie. Un jour, alors qu'elle allait au cinéma voir un film de Sherlock Holmes avec Anthony, elle passa devant un immeuble sur lequel figurait une plaque de détective privé. C'est alors qu'elle se dit qu'elle pourrait très bien exercer cette profession elle aussi.

— Catarina, on ne devient pas détective privé comme ça sur un coup de tête ! lui dit Anthony. C'est un métier dangereux.

— Je sais, mais pas plus que celui de pompier. En plus Anthony, je sais ce que c'est que d'être détective privé. Lorsque j'étais en Italie, j'aimais lire les livres d'Agatha Christie, de Mary Higgins Clark, de Donato Carrisi, et bien d'autres. À chaque fois je trouvais le coupable avant le dénouement.

— Mais ce sont des livres, de l'imaginaire, pas la réalité. As-tu seulement déjà vécu un drame dans ta vie ?

— Non, et c'est justement pour ça que je veux devenir détective privée : pour donner de l'espoir à ceux qui vivent des drames.

— Parce que tu crois vraiment que tu peux réussir là où des policiers ont échoué ?

— Oui, c'est ce que je crois. Je ne veux pas dire que je serais meilleure qu'eux ; seulement, contrairement à eux, je n'aurais pas les mains liées ; et personne pour me dire ce que je peux faire ou ne pas faire. Je ne risquerais pas de perdre mon travail puisque je serais à mon compte.

— Tu sais que tu ne gagneras pas des mille et des cents.

— Je le sais, mais lorsque j'aurai besoin d'argent, j'aiderai tante Gina au restaurant, et je ferai quelques défilés de mode s'il le faut.

— Je vois que tu as tout prévu. Tu as vraiment l'intention de devenir détective privée ?

— Anthony, je suis sérieusement motivée. Et puis dis-toi que je serai formée pour ce métier.

Comprenant qu'il ne servait de rien de chercher à lui faire entendre raison, Anthony trouva plus raisonnable de l'épauler dans sa démarche. Les jours qui suivirent, ils allèrent s'informer.

Convaincue que c'était ce qu'elle voulait faire, Catarina en parla à sa tante. Comprenant mieux que personne ce qu'elle pouvait ressentir, Gina l'encouragea et même, lui promit de mettre sa plaque de détective privée sur le mur extérieur du restaurant dès que Catarina en aurait le droit.

— Nous serons toujours là pour t'aider, et nous donnerons une de tes cartes de visite à chacun de nos clients.

Devant tant d'encouragements, Catarina sut qu'elle était sur la bonne voie pour s'épanouir pleinement. Elle s'inscrivit aux cours pour devenir détective privée, avec une joie non dissimulée.

Ils étaient quinze à suivre assidûment ces cours : huit femmes et sept hommes qui se morfondaient dans leur travail auparavant. Leurs professeurs les placèrent dès le début en situation, leur apprenant à suivre un suspect tout en passant inaperçu. Il fallait photographier et noter l'heure de chacun de ses rendez-vous sur un calepin, pour faire un rapport en fin de journée. On les mit en contact avec les services de police, les hôpitaux, les pompiers, le service des personnes disparues, les archives de la ville de Paris, les impôts, et la communication. Ils apprirent comment remonter une piste, en partant du présent pour retourner dans le passé ; comment interpréter la gestuelle d'une personne pour savoir si elle disait la vérité ou si elle mentait ; et comment procéder pour trouver la cause d'un effet.

Les jours et les semaines passèrent très vite, et six mois plus tard Catarina obtint sa licence de détective privée. Elle fit graver une plaque en cuivre et alla la porter au restaurant de sa tante.

— Mais pourquoi n'as-tu pas écrit ton nom sur la plaque ? demanda-t-elle.

— Parce que *Catarina*, sur une plaque, ça fait plutôt penser à quelqu'un de fragile. Alors que *Agence Maty H*, ça fait beaucoup plus sérieux.

— Et qui est ce Maty H ?

— Maty est mon pseudo ; c'était le nom de mon perroquet ; et H est pour *Héros*, ce que j'ai été un court moment dans ma vie. J'ai déjà fait enregistrer ce pseudo officiellement. Et donc voici

l'Agence Maty H

Détective privée.

Enquêtes/ Recherches/ Filatures/ Photos

Agence inscrite à la préfecture de police

Tél : 06.60.60.88.68. Sur rendez-vous.

— À qui appartient ce numéro ?

— À moi ; je viens tout juste de m'acheter un téléphone portable, pour être joignable à tout moment.

— Parfait ; comme cela, je saurai où appeler lorsque je ne te verrai pas arriver.

Allez, donne-moi cette plaque afin que ton oncle la fixe au mur. Et après, allons fêter cette merveilleuse nouvelle. Au fait, jusqu'à ce que tu aies ton propre bureau, nous t'avons loué une chambre de bonne au sixième étage, que tu pourras aménager en bureau ; ce n'est pas très grand, mais c'est plus que ce que j'avais pour commencer.

— On peut la voir tout de suite ?

Devant l'impatience de sa nièce, Gina l'y conduisit sur-le-champ. Elles montèrent au sixième étage, mais avant de mettre la clef dans la serrure, Gina voulut encore préciser :

— Ne t'attends pas à des miracles, c'est une pièce sans eau ni salle de bain, avec juste un vasistas.

— Ouvre la porte, tante Gina ! s'impatientait Catarina.

— Je l'ai louée pour un an, mais si elle ne te convient pas pour commencer, nous chercherons autre chose.

— Tante Gina !…

—Ça va, ça va, je vais ouvrir.

La lumière qui entrait par le vasistas éclairait toute la pièce, dévoilant les quelques meubles que Gina avait installés à l'intérieur.

— Il n'y a pas grand-chose, comme tu peux le voir, juste un bureau et trois chaises, une lampe, des stylos et des feuilles pour monter tes dossiers. Alors ?

— C'est parfait ! C'est tout ce dont j'avais besoin. Oh, merci, merci, tante Gina !

— Bon, maintenant que tu as ton bureau, il serait bien que tu indiques sur tes cartes de visite l'adresse et l'étage où tu te trouves.

— Oui, c'est très exactement ce que je vais faire.

— Je suis sûre que d'ici peu tu auras quantité de clients.

— Si j'ai déjà un client, et que j'arrive à résoudre son problème, alors ça voudra dire que j'aurai trouvé ma voie et que mes efforts n'auront pas été vains.

— Bien. Allons donc rejoindre ton oncle, sinon, il sera bientôt débordé.

— D'accord, mais tu peux me laisser seule quelques instants, juste pour que je réalise que je ne suis pas en train de rêver ?

— Bien sûr. Tiens, voici les clefs.

— Tante Gina, je ne prendrai qu'un jeu de clefs ; garde les deux autres, tu veux bien ?

— Oui, je les garderai pour toi.

— Merci, dit Catarina avant de prendre un des jeux de clefs et d'embrasser sa tante.

Gina laissa sa nièce dans son nouveau bureau de détective privée, et alla retrouver son époux, qui attendait impatiemment au restaurant de connaître la réaction de sa nièce. Lorsque Gina lui fit un résumé des événements, il sut qu'ils avaient fait ce qu'il fallait et il en fut très heureux.

Chapitre 5
La première cliente de l'agence

Cela faisait un mois que Catarina avait ouvert son bureau de détective privée, lorsqu'un beau jour une femme portant des lunettes noires et un foulard sur la tête se présenta au restaurant.

— Excusez-moi, je cherche le bureau du détective Maty H.

— Le détective Maty H doit arriver d'un instant à l'autre ; si vous voulez, vous pouvez l'attendre ici en buvant un café.

— Vous êtes sûre qu'il va arriver d'ici peu ?

— Dans cinq minutes, il franchira la porte du restaurant.

— Dans ce cas, je prendrai un café, merci.

Gina retourna en cuisine le plus calmement possible pour prévenir Catarina qu'elle avait une cliente. Pour qu'elle donne bonne impression, elle lui dit d'entrer par la porte principale du restaurant. Aussi la fit-elle sortir discrètement par la porte de derrière. Une fois dans le hall de l'immeuble, elle la regarda sous toutes les coutures pour s'assurer qu'elle ferait bonne impression.

Tandis que la femme aux lunettes noires buvait son café, Catarina entra dans le restaurant, attirant tous les regards sur elle comme à son habitude. Elle se dirigea d'un pas ferme et décidé vers l'inconnue et se présenta.

— Bonjour, madame ! Je me présente : détective Maty H. J'ai entendu dire que vous me cherchiez ?

— Maty H ? Mais je croyais qu'il s'agissait d'un homme !

— Si je comprends bien, votre affaire n'est pas si importante puisque ce simple détail vous arrête. Mais qu'à cela ne tienne, vous pouvez toujours aller voir un de mes confrères ; je ne suis pas sûre qu'il puisse vous être aussi utile que moi, mais voici son adresse. Si d'aventure il ne pouvait pas vous aider et que vous reveniez vers moi, je serais alors désolée de vous refuser mes services. Car j'ai pour principe que si on les refuse une fois, jamais je ne m'abaisserais à accorder mon aide si on me la redemandait.

L'assurance avec laquelle Catarina avait dit cela, tandis qu'elle écrivait l'adresse de son collègue sur une serviette en papier, avait commencé à faire réfléchir l'inconnue, qui se dit qu'après tout ce n'était peut-être pas une si mauvaise idée d'avoir choisi cette agence. Lorsque Catarina lui tendit la serviette en papier portant l'adresse d'un confrère, elle refusa de la prendre et dit :

— Je vous engage ! Mais je voudrais tout d'abord connaître votre vrai nom, car je doute que ce soit Maty H.

— Je m'appelle Catarina Lavitana.

— C'est étrange, ce nom ne m'est pas inconnu ; seulement, je ne me rappelle pas où je l'ai déjà entendu.

— Sûrement lorsqu'on a parlé d'un jeune garçon tombé de la tour Eiffel et qui a échappé à la mort parce qu'il est resté suspendu dans les filets.

— Oui ! Je me rappelle, et c'est le jeune mannequin Catarina Lavitana qui lui a sauvé la vie. Catarina Lavitana, c'est donc vous ? Je ne savais pas que vous étiez détective privée !

— Franchement, si vous aviez entendu dire par les médias qu'un détective privé était mannequin à ses heures perdues, l'auriez-vous pris au sérieux ? J'en doute, à vrai dire.

— Je crois que vous avez raison, mais sachant cela, je penserais plutôt autrement aujourd'hui. Je considère votre acte comme héroïque, et je sais à présent que vous êtes prête à tout risquer pour mener à bien ce que vous entreprenez, malgré le danger que cela peut comporter. Mais ne pourrions-nous pas parler sans témoin ? Ce que j'ai à vous dire est assez grave et du secret dépend la vie de mon mari.

— Dans ce cas, venez dans mon bureau. Il est situé au sixième étage dans l'immeuble d'à côté.

— Parfait. Je règle ce café et je vous suis.

— Laissez, je m'en charge.

Catarina alla trouver sa tante pour l'informer qu'elle emmenait l'inconnue dans son bureau.

— Quant au café…

— Cadeau de la maison. Allez, ne perds pas de temps et mène à bien cette affaire si tu veux avoir d'autres clients. C'est de ta réussite que dépendra la survie de ton affaire.

— Je n'ai pas le choix, il faut impérativement que cette affaire soit un succès.

Catarina conduisit sa cliente au sixième étage par l'ascenseur et la fit entrer dans son bureau.

— Je vous en prie, asseyez-vous et expliquez-moi tranquillement ce qui arrive et la raison pour laquelle votre mari est en danger.

— Eh bien voilà : il y a deux jours de cela, il est parti travailler comme chaque matin, seulement cette fois il n'est pas rentré car il a été enlevé. Je n'ai pas le droit de prévenir la police autrement ils le tueraient.

— Je vois. Je suppose qu'ils vous ont demandé une rançon ?

— Pas encore. Ils m'ont juste dit qu'ils le détenaient et que je ne devais pas prévenir la police si je voulais le revoir vivant.

— Je sais que cela va vous sembler étrange, mais j'ai plusieurs questions à vous poser.

— Demandez-moi tout ce que vous voudrez.

— D'après les vêtements que vous portez, je dirais que vous êtes assez aisée. Et si vous venez ici, c'est que vous êtes prête à dépenser de l'argent pour retrouver votre époux, car vous l'aimez.

— Oui, vous avez raison, l'argent n'est pas un problème pour moi, et j'aime effectivement mon mari.

— Cela veut-il dire que votre mari n'a rien et que tout vous appartient, aussi bien l'argent que les biens matériels ?

— Oui, mais mon mari n'a aucun problème d'argent !

— Soit. Maintenant j'aimerais connaître son travail et l'adresse à laquelle il était censé se rendre quand il a été enlevé.

— Mon mari est antiquaire et il voyage de par le monde pour acheter des œuvres d'art qui seront vendues dans notre magasin. Ce magasin est situé 22, rue Molitor, dans le 16ème arrondissement, et il s'appelle *Antiquités/-Aux mille merveilles*.

— Puis-je avoir une clef de votre magasin ?

En s'entendant demander une telle chose, la cliente ne sut quoi faire ; après tout, elle ne connaissait pas Catarina.

— Écoutez, je dois fouiller dans ses affaires, et j'aurais aussi besoin de vos relevés bancaires et du libre accès à tous vos comptes.

— Comment ça, le libre accès à nos comptes ?

— Il faut que je sache à quoi correspond chaque retrait ; et pour que j'obtienne ces informations, vous devez contacter votre banquier et lui donner la consigne de répondre à mes questions.

— Ce sera fait. Pour ce qui est de la clef du magasin, je l'ai avec moi. Et pour les relevés bancaires, je vous donnerai ce dont vous avez besoin.

— Est-ce que tout allait bien dans votre couple ?

— Tout va très bien entre nous, nous nous aimons !

— Vous dites avoir reçu un message des kidnappeurs ; pourrais-je l'avoir ?

— Je l'ai avec moi, tenez, le voici.

— Avez-vous reconnu l'écriture, ou le papier ?

— Non, nous utilisons du papier blanc et non du papier jaune.

— Lorsqu'il est parti de chez vous, était-il en voiture ?

— Oui, une Mercedes gris métallisé.

— L'avez-vous retrouvée ?

— Non.

— Dans ce cas, j'aurais besoin du numéro de la plaque. Tenez, inscrivez-le sur cette feuille. Bien, je crois que j'ai tout ce qu'il faut pour commencer mon enquête ; pourriez-vous aussi m'apporter les relevés téléphoniques du portable de votre mari, du magasin et de votre appartement ?

— Bien sûr ; ça demandera un peu de temps pour tout rassembler.

— Il me les faudrait pour demain, que je puisse les consulter au plus vite. Plus je tarderai et plus il y aura de risques qu'ils s'en prennent à votre mari. Je vous demanderai vos nom, prénom et adresse, et votre numéro de téléphone, afin que je puisse vous joindre en cas de besoin ; il me faudrait aussi une photo récente de lui, ainsi qu'une autre de vous deux.

— Vous les aurez demain matin avec les autres documents.

— Parfait ; quant aux honoraires…

— Je paierai ce qu'il faudra, pourvu que vous retrouviez mon mari.

— D'accord. Je vous raccompagne.

La cliente, Mme Hélène Marcial, prit congé de Catarina à la porte de l'immeuble.

— Je vous apporterai tous les documents demain matin à la première heure.

Chapitre 6
Maty H mène l'enquête

Après le départ de sa cliente, Catarina se rendit au magasin d'antiquités de M. Marcial, en quête d'un élément qui la mettrait sur une piste. Le lieu était désert. Elle alluma et gagna le bureau pour commencer ses recherches. La pièce était des plus sobres, une table en chêne en occupait le centre, et sur celle-ci trônait un répondeur à cassette sur lequel était posé un combiné téléphonique ; juste à côté se trouvait un agenda en cuir. Catarina le feuilleta et remarqua qu'à l'heure de sa disparition, M. Marcial avait rendez-vous chez le vétérinaire. Aussi chercha-t-elle le répertoire téléphonique, où elle remarqua qu'il n'y avait aucune adresse ni numéro de téléphone de vétérinaire. Elle écrivit sur son bloc-notes : « Faire les vétérinaires du quartier ». Dans l'agenda, ce vétérinaire apparaissait deux fois par semaine, aussi loin qu'elle pouvait remonter.

Elle alluma l'ordinateur, mais sans le mot de passe ne put le consulter. Sans se décourager, elle commença à chercher des mots de passe possibles. Elle souleva tout ce qui était posé sur le bureau, mais ne trouva rien. Encore une fois son regard se posa sur le répondeur. Celui-ci ne clignotait pas, mais elle se dit que peut-être il contenait un message qui pourrait la mener sur une piste. À condition que l'antiquaire ne l'ait pas déjà effacé. Comme elle ignorait le maniement de l'appareil et qu'il ressemblait en tout point au répondeur de sa tante, elle préféra en retirer la cassette et la prendre avec elle pour l'écouter plus tard à la maison, lorsque Gina lui aurait montré comment faire. Elle mit la cassette dans sa poche pour ne pas risquer de la perdre ou de l'oublier. Puis elle reprit ses recherches en regardant autour d'elle. C'est alors qu'elle remarqua plusieurs tableaux au mur, représentant des croquis de Léonard de Vinci. Tous les tableaux avaient le même encadrement en bois doré, à l'exception d'un qui était beaucoup plus épais, ce qui sembla étrange à Catarina, car le croquis n'avait rien d'exceptionnel à ses yeux. Elle se leva de son siège pour aller le regarder de plus près, et en le décrochant remarqua qu'il était assez lourd. Elle le retourna et vit qu'une très grosse enveloppe était cachée au dos, maintenue à l'arrière du tableau par une plaque en plexiglas placée dans une glissière.

Catarina souleva la plaque en plexiglas et libéra la grosse enveloppe, qu'elle alla poser sur le bureau avant de remettre le tableau à sa place. Puis elle revint examiner l'enveloppe de plus près, et remarqua qu'elle était remplie de billets de 500 euros uniquement ; il y en avait pour 10 000 euros. Sur l'enveloppe était écrit : « Fret / Aéroport Charles-de-Gaulle, vendredi 22h00 », le tout souligné en vert fluorescent. Cet argent devait sans nul doute servir à payer la marchandise qui devait arriver par avion. Et le tableau servait apparemment de coffre-fort, à moins que M. Marcial n'ait voulu tenir cette transaction secrète.

— Oui, se dit Catarina, c'est une autre piste qui s'ouvre à moi et que je ferais bien de creuser plus tard quand je serai à la maison. J'irai faire un tour à l'aéroport, juste pour m'assurer que M. Marcial a bien récupéré sa marchandise. Car après tout, il a disparu quelques jours après la date de livraison. Je vais tout de même garder cette enveloppe et cet argent avec moi, la police découvrira peut-être des empreintes qui nous mettront sur une nouvelle piste. Pour l'instant je dois découvrir le mot de passe qui me permettra d'accéder au contenu de cet ordinateur. À moins que… Non, ce serait trop facile.

Ni une ni deux, elle écrivit *Léonard de Vinci* comme code d'accès sur l'ordinateur et là, bingo ! L'ordinateur s'ouvrit. En fouillant, elle trouva un grand nombre de dossiers en relation avec le travail de l'antiquaire, mais il y en avait un qui ne portait qu'un numéro : 123. Intriguée, elle l'ouvrit et fut surprise de découvrir des photos plutôt compromettantes si jamais elles tombaient entre les mains de Mme Marcial. On y voyait l'antiquaire dans les bras d'une autre femme beaucoup plus jeune que son épouse. Catarina agrandit les photos jusqu'à lire le nom des rues sur diverses façades ainsi que celui de quelques devantures. Elle imprima plusieurs photos du dossier pour la suite de ses recherches. Elle lut le courrier électronique, qu'elle n'eut aucun mal à ouvrir puisque M. Marcial avait demandé l'enregistrement des mots de passe, chose qu'il ne faut jamais faire si on ne veut pas que n'importe qui puisse lire le courrier personnel. C'est vrai qu'il avait mis un mot de passe à l'ouverture de l'ordinateur, mais ce n'était pas très judicieux de le laisser en évidence à ce point ; on a souvent tendance à utiliser son nom, son prénom ou sa date de naissance. Pour un début, Catarina avait trouvé assez facilement.

Dans le tiroir du bureau, il y avait un chéquier avec les talons des chèques faits portant la somme et le destinataire. Catarina remarqua que sur plusieurs talons était écrit *vétérinaire*, et la somme indiquée s'élevait chaque fois à 1000 euros. Le chéquier comportait six talons de 1000 euros, portant tous la mention *vétérinaire*.

C'est étrange, je ne vois pourtant aucune trace d'animal ici. Il faut que je vérifie sur le relevé bancaire à quoi correspond cette dépense.

Après avoir ouvert l'ordinateur, fouillé chaque recoin du bureau, retourné chaque tableau et vérifié le conduit de ventilation sans trouver de nouvel indice, Catarina se décida à quitter le magasin avec les quelques informations qu'elle avait glanées.

Une fois dehors, elle alla interroger les voisins les plus proches, afin de s'assurer que M. Marcial n'était pas réapparu alors que sa femme le croyait disparu : le photographe qui était situé à quelques mètres à droite ainsi que le pharmacien sur la gauche ; mais aucun ne l'avait vu depuis plusieurs jours. Le premier commenta :

— J'ai trouvé étrange qu'il ne vienne pas me demander de photographier ses nouvelles acquisitions pour les mettre sur Internet pour la vente aux enchères.

— Il a un site Internet ?

— Bien sûr ! Je peux même vous donner l'adresse. C'est *objetsdartetmerveillesdutempspassé.com*.

— Merci pour ces informations. Si jamais après mon départ vous veniez à le voir, n'hésitez pas à me contacter. Tenez, voici ma carte avec mon numéro de téléphone.

— Ne vous inquiétez pas : si je le vois, je vous appelle sur-le-champ.

— Merci pour votre collaboration. Ah ! Une dernière question : avez-vous jamais entendu M. Marcial parler d'un vétérinaire ?

— Non, pas que je sache. D'ailleurs, il n'a pas d'animal.

— Ce sera tout, merci encore pour votre aide.

Avec toutes ces données en main, Catarina retourna au restaurant de sa tante. Gina s'enquit aussitôt :

— Alors, as-tu découvert quelque chose ?

—Deux ou trois indices, et j'ai bien l'intention de faire la lumière là-dessus.

— De quoi s'agit-il ?

— Lorsque j'y verrai plus clair, je t'expliquerai. As-tu entendu parler d'un hôtel qui s'appellerait *L'Empire*, situé dans la rue de la Pompe ?

— Oui, c'est dans le 16ème arrondissement, pas très loin du Trocadéro. D'après ce que j'en sais, c'est un hôtel très luxueux, un quatre étoiles si je ne me trompe. C'est là-bas que tes recherches te mènent ?

— Pour l'instant du moins ; mais je dois d'abord consulter un site et m'assurer que tout est normal.

— L'ordinateur est dans le secrétaire ; tu peux en disposer à ta guise, nous n'en aurons pas besoin avant ce soir.

— Tante Gina, j'ai une question au sujet de ton répondeur téléphonique.

— Oui, que veux-tu savoir ?

— Est-ce que l'on peut écouter les messages qui ont déjà été lus ?

— Bien sûr, à condition qu'ils n'aient pas déjà été effacés.

— Tu pourrais me montrer comment il faut faire ? J'ai trouvé une cassette dans le répondeur de M. Marcial, et j'aimerais l'écouter tranquillement dans mon bureau pour le cas où elle me mettrait sur une nouvelle piste.

— Mais bien sûr ma chérie.

Gina montra à sa nièce comment procéder, et après s'être assurée que Catarina maîtrisait parfaitement le fonctionnement, elle débrancha son répondeur et le lui donna afin qu'elle puisse aller écouter sa cassette au calme.

— Dès que j'ai fini, je te le rapporte.

— Je ne m'inquiète pas à ce sujet. Avant de partir, prends ça.

Gina lui tendit une bouteille thermos, remplie de chocolat chaud.

— C'est juste pour te donner des forces.

— Tu es un ange, tante Gina, de veiller comme ça sur moi.

Catarina déposa une bise sonore sur la joue de sa tante, avant de monter à son bureau, où elle brancha le répondeur. Elle remplaça la cassette qui se trouvait à l'intérieur de l'appareil par celle qu'elle avait subtilisée dans le bureau de l'antiquaire, et commença à écouter les messages qui n'avaient pas été effacés.

Premier message :

— « Allo, monsieur Marcial ? C'est Mme Sarget. Pourriez-vous livrer mon secrétaire demain après-midi vers 17 h 00, car je ne serai pas chez moi de toute la matinée ? »

Deuxième message :

— « Allo, monsieur Marcial ? C'est le Fret de l'aéroport Charles-de-Gaulle. Votre marchandise vient d'arriver. »

Troisième message :

— « Allo, monsieur Marcial ? Je me présente : Mme Delcourt ; je suis à la recherche d'un lit à baldaquin ; si vous pouvez m'en procurer un, appelez-moi au 06 97 27 64 32. »

Quatrième message :

— « Allo, monsieur Marcial ! dit une voix d'homme en colère. Qu'est-ce que c'est que cette histoire ! Vous étiez censé me livrer un soldat en terre cuite de l'empereur Qin Shi Huang, non un vulgaire totem en bois ! Vous avez vingt-quatre heures pour honorer vos engagements, sans quoi je peux vous garantir que vous ne vendrez plus rien à qui que ce soit. »

Cinquième message :

— « Allo ! dit une voix à l'accent russe. Vous avez un colis qui ne vous appartient pas ! Je veux le récupérer avant ce soir, ou vous le regretterez ! »

— Ça devient intéressant tout à coup, se dit Catarina. Écoutons la suite ; peut-être que j'en apprendrai un peu plus.

Mais les six derniers messages ne furent pour elle d'aucun intérêt, puisqu'il s'agissait d'autres antiquaires à la recherche de meubles anciens.

— Bien. Cette cassette m'aura au moins donné une autre piste à suivre. Ça m'aurait été plus utile si ce répondeur enregistrait les numéros de téléphone. Mais ç'aurait été trop beau. J'irai faire un tour au Fret de l'aéroport Charles-de-Gaulle ; avec un peu de chance, ils pourront m'expliquer cet échange de colis. Mais assez perdu de temps pour aujourd'hui ! J'ai pas mal de documents à analyser avant de revoir Mme Marcial, et pour ça je dois chercher quelques informations sur l'ordinateur.

Catarina laissa sur son bureau la cassette et l'enveloppe contenant l'argent et descendit à l'appartement de Gina pour utiliser son ordinateur. Elle consulta d'abord le site du mari de sa cliente. Après avoir soigneusement regardé chaque page du site, elle remarqua la présence de la femme du dossier 123. D'après la photo, c'était à une vente aux enchères. Elle imprima la page et la rangea dans son nouveau dossier. Pour ne pas perdre de temps, elle chercha sur Internet une salle des ventes et trouva la salle Drouot. En regardant les images sur l'ordinateur, elle reconnut le décor de la photo du site qu'elle venait de consulter. Elle apprit qu'une vente aux enchères y aurait lieu à dix-huit heures, et que le catalogue était à disposition à l'entrée de la salle.

— Bien, si la vente est à dix-huit heures, j'ai encore deux heures devant moi pour découvrir ce qui est arrivé aux marchandises de M. Marcial, au Fret de l'aéroport Charles-de-Gaulle ; il faut que je parle au responsable.

Pour aller plus vite, elle fit appel à un taxi.

— Bonjour, monsieur, je voudrais me rendre au Fret de l'aéroport Charles-de-Gaulle.

— Bien, madame, je vous y conduis.

— Et puis vous m'attendrez pour me conduire ensuite à la salle des ventes Drouot. Je n'ai que deux heures devant moi pour mener à bien une affaire.

— Pas de problème, j'attendrai que vous sortiez.

— Dans ce cas, on peut y aller.

Le chauffeur de taxi conduisit Catarina à l'aéroport Charles-de-Gaulle.

— Nous sommes arrivés madame ! Vous trouverez le bureau du Fret juste en face. Je vous attends ici.

— D'accord, à tout à l'heure.

Catarina traversa le parking, poussa la porte de la salle d'accueil et s'adressa à l'employée :

— Bonjour ; je me présente : Maty H, détective privée.

— Bonjour, madame, en quoi puis-je vous être utile ?

— J'ai besoin de quelques renseignements au sujet de marchandises que vous avez reçues pour M. Marcial.

— Je suis désolée, madame, mais je ne peux absolument pas vous donner la moindre information à ce sujet.

— Je le comprends parfaitement, madame, et c'est tout à votre honneur. Seulement mon client, M. Marcial, a disparu, et je crains que sa disparition ne soit liée à une erreur de livraison.

— C'est tout à fait impossible ! Toutes nos marchandises sont livrées en temps et en heure à leurs destinataires.

— Ça n'a pas été le cas cette fois-ci.

— Écoutez, madame, je ne sais pas ce que vous cherchez, mais si c'est à nous discréditer, vous n'avez aucune chance.

— Je ne suis pas là pour ça ! J'ai un client à retrouver et tant que je ne saurai pas où vous avez livré ses marchandises, je ne pourrai pas avancer dans mes recherches ! Alors, maintenant, on va arrêter de perdre du temps bêtement et vous allez faire venir le directeur !

En l'entendant exiger la présence du directeur, l'employée commença à devenir nerveuse. Elle tenta d'arguer qu'il était actuellement en réunion et qu'il ne pouvait pas être dérangé.

— Écoutez, insista Catarina je ne voudrais pas être désagréable, mais soit vous l'appelez sur-le-champ, soit je téléphone au Canard enchaîné pour leur faire part de votre incompétence.

— Le Canard enchaîné !

Ces trois mots paniquèrent la jeune femme ; elle savait que si le directeur apprenait ce qui venait de se passer à l'accueil, elle perdrait son poste.

— Écoutez, madame la détective, on devrait se calmer. Je suis sûre que nous pouvons trouver un arrangement.

— Un arrangement, soit ! Je veux juste savoir où vous avez livré les marchandises que M. Marcial a reçues ici. Deux paquets ont été intervertis, et je veux savoir où ils ont été livrés ! Les messages au téléphone des véritables destinataires n'avaient rien d'amical, et je dirais même qu'ils annonçaient de graves représailles.

— Savez-vous qui sont ces deux destinataires ?

— Non, je l'ignore, sans quoi je ne serais pas là. La seule chose que je sais, c'est que l'un des deux attendait une statue de soldat en terre cuite provenant de Chine, et l'autre un totem en bois. Les deux marchandises ont dû arriver ici vendredi à 22h00.

— D'accord, je vais chercher l'adresse de ces personnes, mais cela prendra quelques jours : je ne pourrai le faire que durant ma pause, ou après mes heures de travail, sans quoi ça risquerait de me causer des problèmes.

— Je vous laisse vingt-quatre heures ; passé ce délai, j'appelle les journaux.

— Jamais je n'y arriverai en vingt-quatre heures ! Ce sont des milliers de marchandises qui transitent par ici ! Laissez-moi plusieurs jours !

— Trois jours, pas un de plus. Tenez, voici ma carte avec mon numéro de téléphone. J'attends votre appel ; si dans trois jours je n'ai pas de vos nouvelles, je saurai quoi faire.

Sur cette menace, Catarina quitta le bureau du Fret pour aller retrouver son taxi.

— Et maintenant, à la salle Drouot. Après quoi, vous serez libre.

Arrivée à la salle des ventes, Catarina se faufila parmi les personnes présentes. Ayant constaté que la jeune femme des photos n'était pas là, elle alla voir le commissaire-priseur afin de les lui montrer et de l'interroger sur l'identité de cette personne.

— Je suis désolé, mademoiselle, mais je ne peux pas répondre à votre question ! Nous avons ici l'obligation de garder confidentielle l'identité de nos clients !

— Je comprends tout à fait cela ; seulement voilà, un homme a disparu et si cette femme peut me permettre de le retrouver, il faut absolument que je lui parle.

— Vous ne vous êtes pas dit qu'il ne voulait peut-être pas qu'on le retrouve ?

— Si c'est vraiment ce qu'il veut, qu'il me le dise lui-même, dans ce cas je le laisserai tranquille et j'en informerai sa femme.

— Vous voulez dire que la jeune femme de la photo est sa maîtresse ?

— Je n'ai jamais dit une telle chose !

— Vous n'avez pas besoin de le dire, ça se voit comme le nez au milieu de la figure.

Bon, je ne peux pas vous dire qui elle est, mais je peux vous conseiller de rester à la vente aux enchères qui va avoir lieu dans quelques instants. Je vous conseille même de vous asseoir au fond de la salle, plus précisément en bout de file.

— Je vous remercie pour vos conseils, ne doutez pas que je les suive.

— Excusez-moi à présent, mais je dois m'assurer que tout est au point pour la vente de ce soir. Puissiez-vous trouver votre bonheur.

— J'en suis certaine.

Sur ce, le commissaire-priseur partit rejoindre ses collègues, laissant Catarina seule avec ses pensées. Elle attendit le son de cloche qui signifiait l'ouverture de la salle, puis alla s'installer à la place que lui avait indiquée le commissaire-priseur. Elle attendit tranquillement la suite des événements. Les personnes venues pour la vente aux enchères prenaient place dans la salle, qui petit à petit se remplissait. Catarina, qui ne voyait pas venir la femme de la photo, finit par se faire à l'idée que celle-ci ne viendrait pas, mais alors qu'elle s'apprêtait à partir, elle la vit franchir la porte. C'était une femme magnifique qui mesurait à vue d'œil dans les un mètre quatre-vingt-dix, avec des cheveux blond vénitien et des yeux d'un vert de jade. Elle avait tout à fait l'allure d'un mannequin, ou plutôt elle faisait penser à ces escort-girls de luxe que l'on voit dans les films.

Subitement, Catarina eut un doute et se dit que tout compte fait, peut-être que la réalité était sans mystère et que cette femme ne faisait que son travail auprès de M. Marcial. Voulant vraiment s'en assurer, Catarina joua les idiotes de service. Pour cela elle attendit que l'inconnue s'asseye près d'elle avant de lui adresser la parole.

— N'est-ce pas excitant d'assister à une vente aux enchères ? dit-elle en accentuant considérablement son accent italien.

Comme la femme ne lui répondait pas, elle continua son bavardage, racontant qu'elle s'appelait Angelina Conti et que des amis lui avaient dit qu'elle devait absolument assister à une vente aux enchères. Elle parlait et parlait, tant et si bien que l'inconnue n'entendait pas les mises à prix de départ. À un moment donné, elle se tourna vers Catarina et lui dit avec exaspération de se taire. Catarina reconnut immédiatement l'accent russe, et tout à coup elle se dit que son hypothèse d'escort-girl n'était peut-être pas si éloignée que ça de la réalité.

— Oh ! Excusez-moi, si mon plaisir d'être ici vous dérange.

— Chut ! Je ne veux plus vous entendre, ou je demande à ce que vous soyez expulsée sur-le-champ.

La femme était dans une telle rage que si elle avait eu des armes à la place des yeux, Catarina serait tombée raide morte.

Comprenant qu'il devait s'agir d'une grosse affaire, elle préféra partir et discrètement alla se cacher derrière le rideau qui séparait la salle des ventes de la salle de transaction, où les acheteurs s'acquittaient du prix de leurs acquisitions. Elle resta là jusqu'à ce qu'elle voie l'inconnue enchérir sur une statue de cheval en bronze. Ce cheval lui coûta une véritable petite fortune qu'une personne comme elle n'aurait jamais pu payer, à moins d'avoir quelqu'un de très riche derrière elle.

— Comtesse Polyana ! Je vois que vous avez fait une très belle acquisition ! Dois-je vous la faire livrer à l'hôtel Empire ? entendit Catarina.

— Oui, bien entendu !

— C'est toujours au septième étage ?

— Tout à fait, la suite Napoléon.

— Ce sera fait, Comtesse.

—Tenez mon cher, voici le chèque.

—Resterez-vous pour acquérir d'autres biens ?

— Non, pas aujourd'hui, j'ai trouvé très exactement ce que je cherchais.

« Il faudra que je cherche sur

Internet des renseignements sur cette comtesse Polyana » se dit Catarina avant de quitter discrètement les lieux et de suivre de loin la femme. À peine celle-ci eut-elle mis un pied dehors qu'une grande limousine portant des drapeaux russes vint à sa rencontre.

Une voiture diplomatique ! Voilà qui est de plus en plus intéressant. Y aurait-il une histoire de blanchiment là-dessous ? J'ai beaucoup de questions, mais pas vraiment de réponses. Attendons donc de voir les papiers de ma cliente, peut-être y verrai-je plus clair.

Comprenant qu'elle ne trouverait rien de plus aujourd'hui, Catarina reprit le chemin du restaurant, tout en réfléchissant à mi-voix.

— Cette Polyana est aussi comtesse moi je suis duchesse ; elle n'a pas le port ni la manière de parler des comtesses ; ses vêtements sont certes chics, mais aucune comtesse ne porterait ce genre-là. Ce n'est pas assez distingué, et son parfum est beaucoup trop capiteux. Elle a peut-être le titre, mais soit c'est une pièce rapportée, soit ce titre a été acheté pour elle. Non, décidément, je reste sur ma première impression qu'il s'agit d'une escort-girl.

Arrivée chez sa tante, elle y trouva Anthony qui l'attendait tranquillement en sirotant un cappuccino en compagnie de Gina.

— Anthony ? Oh bon sang ! J'avais complètement oublié que nous devions aller au cinéma.

— C'est bien ce que j'ai cru comprendre en arrivant ici, mais ta tante m'a appris que tu avais une cliente et que tu menais ton enquête sur la disparition de son mari.

— Oui, mais j'ai une étrange sensation à ce sujet : j'ai l'impression qu'il y a une histoire de blanchiment d'argent là-dessous.

— Qu'est-ce qui te fait penser une telle chose ?

— L'intuition féminine.

— Oh ! Dans ce cas, je n'ai rien à dire, mais fais bien attention à toi car si ton intuition s'avère exacte, ce genre de personne ne plaisante pas.

— As-tu déjà entendu parler d'une comtesse Polyana ?

— Une comtesse Polyana ! Non, pas que je sache, mais je me renseignerai.

— Tu devrais demander à tes amis du commissariat, peut-être qu'eux auront quelque chose à t'apprendre. J'en doute, mais on peut toujours essayer.

— Pourquoi en doutes-tu ?

— Elle se dit comtesse, mais ses vêtements et ses manières ne correspondent en rien au rang et à la classe d'une comtesse.

— Ta première impression t'a fait penser à quoi lorsque tu l'as vue ?

— À une escort-girl. De toute façon, j'en saurai plus demain matin lorsque j'aurai enfin tous les documents demandés.

— S'il y a le moindre danger….

— Je me sauve le plus rapidement possible !

— Ce n'est pas ce que j'allais te dire, car je sais pertinemment que tu n'en feras rien ; par contre, appelle-moi si jamais tu es en danger. Te connaissant, je suis certain que tu vas te mettre dans une situation délicate.

— Hé ! dit Catarina en lui donnant une tape sur l'épaule. Je ne suis pas comme ça !

— En es-tu bien certaine ? Si je ne m'abuse tu étais accrochée aux filets de la tour Eiffel quand j'ai fait ta connaissance.

— Oui, d'accord, mais c'était pour la bonne cause !

— Je n'ai jamais dit le contraire, mais comme tu as du sang italien dans les veines, je suis certain que tu ne pourras pas t'empêcher d'aller au-delà de la prudence.

— Si jamais j'arrive à une telle extrémité et que je me sens en danger, je te promets de t'appeler. Alors, tu te sens plus rassuré ?

— Pas vraiment, mais je n'obtiendrai rien de mieux de ta part. Et si pour l'heure nous partions au cinéma, avant que le film soit terminé ?

— Il n'a pas encore commencé et nous aurons largement le temps d'arriver là-bas avant le début. N'oublie pas que le cinéma se trouve à une rue d'ici.

— Oui, mais le temps que tu te prépares, le film sera fini.

— Je peux être très rapide quand je le veux !

— Je te prends au mot. Va te changer et nous verrons qui de nous deux aura raison.

Catarina monta à toute allure dans l'appartement de sa tante pour se rafraîchir et changer de tenue. Un quart d'heure plus tard, elle était prête.

— C'est bien ce que je disais, le film a déjà commencé depuis cinq bonnes minutes.

— Pas du tout ! Pour l'instant, ils passent la publicité, elle dure vingt minutes et ce n'est qu'ensuite que le film commence.

— Tu veux toujours avoir le dernier mot, n'est-ce pas ?

— Pas toujours, mais souvent. Allez, ne perdons pas de temps ; sinon pour le coup, nous allons vraiment rater le début du film. Et ce sera de ta faute, dit Catarina avec un clin d'œil.

N'ayant plus d'argument à avancer, Anthony rendit les armes et encouragea son amie à faire un sprint jusqu'au cinéma. Lorsqu'ils arrivèrent, la publicité venait tout juste de finir. Ils s'installèrent confortablement et profitèrent pleinement du film. Une fois la séance terminée, ils se rendirent au parc Monceau et s'assirent sur un banc, serrés l'un contre l'autre.

— Es-tu de permanence à la caserne, demain ?

— Oui, et je le serai aussi les deux prochains jours, car deux des nôtres ont les oreillons.

— Les oreillons ! Mais où ont-ils attrapé ça ?

— À l'école. Ils étaient intervenus pour donner des leçons de secourisme ; mais ce qu'ils ignoraient, c'est qu'un élève du groupe avait les oreillons ; du coup ils les ont attrapés ainsi que d'autres enfants.

— Les pauvres, ils doivent déguster !

— Oui, mais ils ne sont pas seuls. Marc a sa mère pour s'occuper de lui et Thomas a sa femme.

— Ils en ont pour combien de temps ?

— Entre deux et trois semaines si tout va bien. Qu'as-tu l'intention de faire demain ?

— Étudier tous les documents que m'apportera ma cliente, ensuite je serai sûrement amenée à me rendre à la banque pour obtenir de plus amples informations.

— Tu ne feras rien qui pourrait mettre ta vie en danger, n'est-ce pas ?

— Demain ? Non, c'est encore trop tôt pour cela ; mais après-demain, cela me paraît un bon jour pour le faire, dit-elle pour le taquiner.

— Catarina !

— Oui, moi aussi je t'aime. Allez, il est temps de rentrer, mon adorable pompier, car demain une longue journée t'attend.

Elle l'embrassa tendrement et ils retournèrent chez elle, bras dessus, bras dessous. Après un dernier baiser, il la laissa dans le hall d'entrée de l'immeuble, avant de lui-même rentrer.

Chapitre 7

Qui est vraiment la comtesse Polyana ?

Catarina se leva de bon matin tant elle était impatiente de revoir sa cliente ; mais comme le temps ne passait pas, elle en profita pour se préparer avant de se replonger dans les informations qu'elle avait récoltées la veille. Pour mieux cibler le problème, elle avait épinglé au mur de son bureau la photo plus que compromettante de son client en compagnie de la comtesse Polyana et les documents qu'elle avait récupérés, sous lesquels elle inscrivit ce que chacun représentait : relevés bancaires trouvés dans l'ordinateur avec les retraits de mille euros au nom du vétérinaire, hôtel Empire quatre étoiles dans le 16ème arrondissement, chambre 720 au septième étage, grande limousine portant des drapeaux russes, relevant sans nul doute du corps diplomatique, acquisition à la salle des ventes d'un cheval en bronze, à un prix assez élevé.

— Qu'est-ce que tout cela cache ? J'ai regardé sur Internet et il n'y a aucune comtesse Polyana qui ressemble à cette femme ; il existe bien une comtesse Polyana en Russie, mais elle est bien plus âgée. Et d'après ce que j'ai appris, elle est en visite à Paris comme invitée présidentielle. Est-ce une coïncidence ? Il faut absolument que j'aille dans la chambre de cette Polyana. Réfléchissons à la meilleure façon d'y arriver. J'ai vu que l'hôtel avait des balcons à chaque étage, ça peut être une solution pour entrer dans la chambre ; le problème, c'est l'écart entre chaque balcon. Sauter de l'un à l'autre est impossible ; par contre, descendre en rappel de l'étage d'au-dessus est tout à fait possible mais pas envisageable en plein jour. Il faudrait le faire la nuit, tout en sachant que la visibilité à cette hauteur est quasiment nulle et que la porte-fenêtre risque d'être fermée ; en outre, cette Polyana ne sera sûrement pas seule. Le risque est beaucoup trop élevé. Qu'est-ce qui me reste ? Me faire passer pour une femme de ménage ? Encore faut-il qu'ils embauchent. Ou Repérer qui sont les femmes de ménage et les vêtements qu'elles portent. Ou livrer quelque chose dans la chambre et installer une mini caméra dans le paquet ; l'inconvénient, c'est que je n'aurai pas la possibilité de fouiller partout, à moins que... Cette affaire va coûter cher mais c'est la seule possibilité pour se glisser à l'intérieur sans éveiller les soupçons. Oui, ça pourrait fonctionner. Je n'ai pas encore parlé de cette Polyana avec ma cliente ; je le ferai tout à l'heure sans pour autant lui parler des photos compromettantes qui se trouvent dans l'ordinateur de son mari. Mon rôle est de retrouver M. Marcial, et c'est bien ce que j'ai l'intention de faire ; quand j'aurai réussi, elle connaîtra chaque détail de mes recherches et elle décidera alors si elle veut ou non continuer à vivre avec son mari. Étant donné que c'est elle qui tient les cordons de la bourse, je n'ai aucun souci à me faire quant à son avenir. Pour l'heure, je dois retrouver ma cliente au restaurant, car ce ne serait pas judicieux de ma part de la recevoir dans mon bureau avec tout ce que j'ai épinglé aux murs.

Consciente qu'elle tenait la solution, Catarina descendit retrouver sa tante au restaurant. Moins d'une demi-heure plus tard, elle vit Mme Marcial franchir la porte pour venir s'asseoir en face d'elle.

— Bonjour, mademoiselle ! Je vous apporte tous les documents que vous m'avez demandés, ainsi que le passeport de mon mari.

— Le passeport ?

— Oui ; vous avez ainsi la preuve qu'il n'a pas quitté le territoire, du moins de son plein gré.

— Madame, aujourd'hui on peut quitter la France et voyager sans passeport dans beaucoup de pays, il suffit d'avoir une carte d'identité.

— Sans doute, mais…

— Pour l'instant, la question ne se pose pas ; si toutes mes recherches échouent, alors et alors seulement, je regarderai dans cette direction. Toutefois, si vous n'y voyez pas d'inconvénient, je garderai le passeport de votre mari ; il pourrait m'être utile dans mes recherches.

— Mademoiselle, je suppose que comme tous vos confrères vous demandez une avance pour vos recherches, avance qui servira à traiter avec des indicateurs ; c'est pourquoi j'ai avec moi trois mille euros, que je tiens à vous donner car c'est le prix que demandent vos collègues ; trois mille euros vous seront encore versés lorsque je reverrai mon mari. Cela vous semble-t-il correct ?

— Ma foi, je n'ai aucune idée de ce que prennent mes confrères, mais ça me paraît plus que correct. Avez-vous parlé avec votre banquier ?

— Oui. Il répondra à toutes vos questions, quelles qu'elles soient. Je lui ai expliqué la situation et il s'est proposé de nous venir en aide du mieux qu'il pourrait.

— Parfait.

— Voici son nom et son numéro de téléphone ; vous pouvez l'appeler n'importe quand et si jamais vous voulez le voir en personne, il vous recevra à tout moment.

— Madame Marcial, avez-vous déjà entendu parler de la comtesse Polyana ?

— Non, pourquoi ? Elle a quelque chose à voir avec la disparition de mon mari ?

— C'est encore trop tôt pour le dire, dans l'état actuel de mes recherches. Est-ce que votre mari avait l'habitude d'aller à la salle des ventes pour acquérir des œuvres ?

— Sans doute ! En fait, je n'en sais rien, j'ai toujours pensé qu'il achetait la marchandise à des particuliers lors d'un décès, ou pourquoi pas lors d'une vente aux enchères. Je crains de ne vous être d'aucune aide.

— Au contraire. Avez-vous apporté les relevés téléphoniques de votre époux ?

— Oui, tout est dans le dossier, avec les relevés bancaires.

— Parfait ; dans ce cas, je vais me mettre au travail ; mais j'ai une dernière chose à vous demander et cela risque de vous déplaire.

— Dites toujours !

— Je voudrais aller chez vous et fouiller le bureau de votre mari.

— En fait, il n'a pas de bureau à la maison ; le seul et unique bureau qu'il possède, vous l'avez déjà fouillé.

— Il n'y a pas chez vous un endroit qu'il affectionne, dans lequel il s'isole et passe même des heures ?

— Si, son atelier ; c'est là qu'il restaure ses antiquités.

— Puis-je y jeter un coup d'œil ?

— Si vous voulez ; il se trouve à l'extérieur de la maison, adjacent au garage. Vous voulez y aller tout de suite ?

— Non, je préfère tout d'abord regarder les documents que vous m'avez apportés. Lorsque j'aurai toutes mes réponses, j'irai faire un tour à son atelier.

— D'accord, faites comme vous l'entendez ; notre adresse se trouve sur les relevés téléphoniques et sur le passeport de mon mari. Vous pouvez venir à n'importe quel moment ; j'en informerai mes domestiques afin qu'ils vous ouvrent et se tiennent à votre disposition.

— Je vous remercie pour votre coopération. J'ai une dernière question, après quoi je vous laisse partir.

— Quelle est-elle ?

— Votre mari possède-t-il un hangar ou un entrepôt surveillé dans lequel il stockerait ses marchandises ?

— Non ! Bien sûr que non.

— Bon. Je vous laisse à présent, si j'ai besoin de plus amples informations, je vous recontacterai. Puis-je vous inviter à prendre quelque chose ?

— Non, merci.

— Voulez-vous un reçu pour les trois mille euros que vous venez de me donner ?

— Ce ne sera pas utile ; j'ai confiance en vous, sans cela je ne serais pas venue vous trouver, et surtout je ne vous aurais pas laissée fouiller seule le bureau de mon mari.

— Merci de me faire confiance.

— Je vous en prie ; vous aussi, vous avez été honnête avec moi en me dévoilant votre véritable identité. Oh ! Il faut que je vous laisse à présent car j'ai un rendez-vous que je ne peux absolument pas annuler.

— C'est tout à fait normal ; vous avez des choses à faire et moi aussi. Je vous tiendrai informée de mes recherches.

— C'est parfait, je n'ai pas l'intention de m'immiscer dans votre enquête.

Sur ce, les deux femmes se levèrent et s'en allèrent dans des directions opposées. Catarina monta dans son bureau et commença à vérifier les documents. Elle regarda le passeport et remarqua que M. Marcial avait fait plusieurs voyages en Russie en moins de trois ans, et que son dernier voyage au

Maroc, datant de moins de six mois, avait duré une semaine, tout autant que lorsqu'il séjournait en Russie.

Drôle de coïncidence tout de même : il a fait plusieurs voyages en Russie en moins de trois ans, et il reçoit un message d'un homme à l'accent russe disant que les marchandises reçues n'étaient pas ce qu'il attendait. Y aurait-il un trafic là-dessous ? Si c'est le cas, il faudra que j'essaie de découvrir de quoi il s'agit.

Elle prit un bloc-notes et inscrivit dessus : « demander à mes amis du commissariat s'ils n'ont pas entendu parler d'un trafic impliquant des Russes. »

Elle se dit qu'elle avait peu de chances que cela donne quelque chose, mais dans le doute elle préférait poser la question. Elle ajouta : « demander à Mme Marcial la raison des voyages de son mari en Russie et au Maroc, les notes d'hôtel et le détail des dépenses effectuées durant ses séjours. »

Puis elle revint aux documents que Mme Marcial lui avait confiés. Elle éplucha les relevés bancaires et trouva les numéros des chèques destinés au vétérinaire. Pour plus de renseignements, elle appela le banquier :

— Allo, monsieur Huron ? Bonjour ; je me présente : Maty H, détective privée. Je travaille actuellement sur la disparition de M. Marcial. Je suppose que Mme Marcial vous a prévenu de mon appel ?

— Tout à fait, madame. Et je ferai tout ce que je pourrai pour vous aider à retrouver M. Marcial sain et sauf.

— Je vous remercie pour toute l'aide que vous pourrez m'apporter.

— De quoi avez-vous besoin ?

— Eh bien voilà, j'aimerais savoir à qui sont destinés les chèques suivants.

Elle énonça les numéros des chèques dont le montant était identique.

— Je regarde sur mon ordinateur et je vous dis ça tout de suite. Ces chèques étaient destinés au Service Entrepôt sous haute surveillance.

— Avez-vous une adresse, par hasard ?

— Non, mais je peux vous dire dans quelle banque les chèques ont été encaissés ; par contre, je ne peux pas vous parler du compte, c'est du domaine privé.

— Et les trois derniers chèques du mois dernier, étaient-ils destinés à ce service ?

— Non, pas cette fois ; ils sont au nom d'une certaine Martine Corvisart, dont le compte bancaire est situé dans le 16ème arrondissement.

— Pourriez-vous savoir depuis quand elle a ce compte ?

— Je pourrais peut-être savoir si son compte a été ouvert récemment, mais rien de plus.

Pendant que le banquier parlait, Catarina écrivait sur son bloc-notes : « demander aux collègues de la police s'ils ont une Martine Corvisart dans leur banque de données. »

— J'ai appris que M. Marcial était allé plusieurs fois en Russie ces trois dernières années, et dernièrement au Maroc.

Pourriez-vous me donner la liste des hôtels dans lesquels il a séjourné, les sommes qu'il a dépensées là-bas ainsi que les noms des personnes à qui il a fait des chèques ? Je sais que les maris ne disent pas tout à leur femme, mais est-ce que M. Marcial aurait un coffre à la banque, auquel lui seul aurait accès ?

Comme son interlocuteur ne répondait pas, Catarina comprit qu'elle était sur la bonne voie.

— Il a donc un coffre chez vous, dont Mme Marcial ignore l'existence, c'est bien ça ?

— Madame, s'il vous plaît, ne dites rien à Mme Marcial ; elle fermerait tous ses comptes et ce serait désastreux pour nous.

Catarina se demandait ce que M. Marcial pouvait bien garder dans son coffre. Il y venait probablement à chaque retour de voyage. Intriguée, elle demanda au banquier :

— Est-ce que, lorsque M. Marcial venait à la banque, il avait l'air mal à l'aise, comme s'il avait quelque chose à cacher ?

— Non, madame, il était comme toujours.

— C'est étrange, j'ai l'impression que sa disparition ne vous inquiète pas et que vous craignez au plus haut point ce que pourrait penser Mme Marcial de votre banque. À croire qu'elle y détient un gros portefeuille ? C'est bien ça ?

— Oui, madame.

— Vous savez que si je n'arrive pas à retrouver M. Marcial au plus vite, vous serez contraint de signaler l'existence du coffre à sa femme ?

— Oui, mais si je vous apporte mon aide, vous le retrouverez rapidement, n'est-ce pas ?

— C'est ce que j'essaie de faire. Venait-il souvent voir son coffre ?

— Une fois par mois, en général.

— Est-ce que les dates correspondent à chaque retour de voyage ?

— Je peux vérifier.

— Parfait. Vous n'auriez pas par hasard une idée de ce qu'il garde dans son coffre ?

— Oh non, madame, nous n'y avons pas accès.

— Si jamais son épouse voulait savoir ce qu'il y a dedans, que devrait-elle faire ?

— Madame ! s'exclama le banquier, effaré.

— Ne paniquez pas, c'est juste une option, au cas où M. Marcial ne réapparaîtrait pas.

— Oh ! dit-il en soufflant, soulagé. Elle devrait se présenter au tribunal et faire certifier la mort de son mari ; ou bien la police pourrait obtenir du juge le droit d'ouvrir ce coffre pour les besoins de l'enquête.

— Je croyais que Mme Marcial était venue vous voir parce que justement la police ne prenait pas au sérieux la disparition de son mari ?

— C'est le cas, en effet.

— Dès que vous aurez des informations sur les dépenses à l'étranger de M. Marcial ou les retraits qu'il a faits avec sa carte bleue, appelez-moi au numéro que voici, dit-elle en le lui indiquant.

— Ce sera fait, madame.

— Encore merci pour votre aide.

Chapitre 8
Les secrets de M. Marcial

Après avoir raccroché, Catarina chercha l'adresse du Service Entrepôt sous haute surveillance et découvrit que l'entreprise se trouvait dans la zone industrielle de la Plaine-Saint-Denis. Elle releva l'adresse et le numéro de téléphone. Ensuite elle alla sur Facebook et tapa le nom de Martine Corvisart ; quelle ne fut pas sa surprise de voir s'afficher le visage de la comtesse Polyana !

— Je savais bien qu'elle n'était pas plus comtesse que moi ! Si je veux en apprendre plus sur son compte, je dois aller voir mes collègues du commissariat, il n'y a qu'eux qui pourront me dire qui elle est vraiment.

Elle quitta donc son bureau pour se rendre au commissariat et retrouver ses nouveaux amis, ceux qu'elle avait connus lors de sa formation de détective privée.

Elle prit soin d'emporter avec elle l'enveloppe trouvée chez l'antiquaire ainsi que quelques billets de 500 euros, afin que le laboratoire de la police scientifique tente de relever des empreintes. Elle espérait pouvoir ainsi trouver de nouvelles pistes.

— Bonjour, Catarina ! Quel bon vent t'amène ?

— J'ai besoin de votre aide pour mener à bien ma toute première enquête en tant que détective privée.

— En quoi pouvons-nous t'aider ?

— Je voudrais savoir si vous avez des renseignements sur une certaine Martine Corvisart, et aussi que l'on fasse un relevé d'empreintes sur cette enveloppe et sur les billets qui sont à l'intérieur. Je me disais que vu l'ampleur de votre base de données, vous pourriez peut-être trouver à qui elles appartiennent et ainsi me faire avancer dans mon enquête.

— Tu sais que tout renseignement se paie, dit le policier en la regardant droit dans les yeux, le plus sérieusement du monde.

— Et que veux-tu pour me renseigner ?

— Un bon gros morceau de la tarte au citron meringuée que tu sais si bien faire.

— Tu es sûr que tu ne voudrais pas plutôt autre chose ? le taquina-t-elle.

— À toi de voir si tu veux tes informations.

— Hé ! Moi aussi j'en veux une part, lança un collègue. Imagine qu'un jour tu aies besoin d'informations et que Paul ne soit pas là ; tu auras besoin de mon aide et si je me rappelle avoir reçu une part de ta tarte au citron meringuée, je t'aiderai tout de suite.

— Oui, mais imagine que ces deux loustics soient malades, tu auras besoin de nous, intervinrent les autres policiers.

— D'accord, d'accord, j'apporterai une tarte au citron meringuée pour tout le commissariat ! Vous savez comment on appelle ce que vous venez de faire ?

Tous répondirent en chœur :

— Oui ! Sauter sur l'occasion !

— Vous devriez avoir honte ! dit-elle en prenant un air sévère et mécontent qui ne trompa personne, tant elle avait envie de rire. Bon, Paul, que peux-tu me dire sur cette Martine Corvisart ?

— Hum ! Elle est connue de nos services et je vois qu'elle a déjà fait de la prison pour vol, usage de faux et recel d'œuvres d'art. Elle est actuellement en liberté.

— Oui, et elle a même pris une nouvelle identité : elle se fait appeler la comtesse Polyana. Elle loge dans un luxueux hôtel du 16ème.

— Tu en es sûre ?

— Certaine.

— Elle a quelque chose à voir avec ton affaire ?

— Plus ou moins ; pour l'instant, je ne sais pas encore son degré d'implication. À l'époque où elle a été arrêtée, avait-elle un complice ?

— Je ne sais pas, je regarde.

Paul tapota sur le clavier de l'ordinateur et une fiche apparut sur l'écran.

— Elle avait effectivement un complice.

— Comment s'appelle-t-il ?

— Achille Perlet, mais d'après ce que je vois, il est toujours en prison à Saint-Quentin. Attends, non, il a été libéré pour bonne conduite, il y a deux mois.

— Tu sais où il est à présent ?

—Non, mais tu pourrais aller voir son contrôleur judiciaire, si tu veux le savoir.

— Où puis-je le trouver ?

— Au foyer des anciens détenus, place Clichy ; voici son adresse et son numéro de téléphone ; comme ça, tu pourras convenir d'un rendez-vous avec lui. Le foyer s'appelle *La deuxième chance.*

— Je te remercie, Paul. Tu peux me donner une photo d'Achille Perlet ?

— Pas de problème, je t'imprime ça tout de suite.

— Merci.

Sitôt la photo imprimée, Paul la tendit à Catarina, qui la détailla vainement.

— Non, son visage ne me dit rien ; mais peut-être que d'autres personnes l'ont déjà vu. Tu pourrais aussi m'imprimer la photo de Martine Corvisart, s'il te plaît ?

— Bien sûr, si ça peut t'aider dans tes recherches.

— J'ai une drôle d'impression tout à coup, comme si j'avais mis le doigt là où il ne faut pas.

— Dans ce cas, tiens-toi sur tes gardes et n'oublie pas ce que tu as appris durant ta formation. Les trois règles d'or.

— Être toujours paré à toute éventualité, ne jamais agir seul en cas de danger et toujours suivre son instinct.

— Exactement. Pour ce qui est du relevé d'empreintes, je t'appelle dès que j'apprends quelque chose.

— Merci pour tout, Paul, et ne t'en fais pas : j'apporterai la tarte au citron meringuée dès demain, c'est promis.

— Tu as intérêt ! Sans cela, plus d'informations de notre part.

Catarina fit un clin d'œil et quitta le commissariat après avoir pris congé d'un signe de la main. Elle se rendit ensuite à l'entrepôt où arrivaient les chèques de M. Marcial depuis pas mal de temps. Poussant la grande porte vitrée, elle découvrit plus de dix personnes qui travaillaient derrière des dizaines d'écrans d'ordinateurs, eux-mêmes divisés en plusieurs petits écrans. Un employé s'avança vers elle.

— Bonjour, madame. En quoi puis-je vous être utile ?

— Vous louez des boxes, d'après ce qu'on m'a dit ?

— Tout à fait, des boxes surveillés vingt-quatre heures sur vingt-quatre. Pourrais-je savoir comment vous avez entendu parler de nous ?

— Bien sûr ! C'est mon ami Marcial, l'antiquaire, qui m'a parlé de vous ; il m'a dit que vos entrepôts étaient très grands et parfaitement sécurisés. Il m'a même dit que le box à côté du sien était libre. Si vous le permettez, j'aimerais le visiter, si c'est possible bien entendu.

— Quel est le box de votre ami ?

— C'est le… Et zut, j'ai oublié le numéro.

— Ce n'est pas grave, je le retrouverai très rapidement en cherchant sur l'ordinateur. Vous disiez qu'il s'appelait comment ?

— Marcial.

— Ça y est, je l'ai trouvé, il a le box numéro 23.

— C'est ça ! Je m'en souviens maintenant.

— Seulement aucun des boxes à côté du sien n'est libre.

— Vous en êtes sûr ?

— Certain. Mais je peux vous en proposer un autre si vous voulez.

— Je peux toujours le voir, et vérifier si votre surveillance est aussi sûre qu'on me l'a dit.

— Mais je vous en prie, allez vérifier par vous-même.

— Si je loue un box à mon nom, est-ce que mon mari ou quelqu'un d'autre pourrait y venir en mon absence ?

— Bien sûr que non, à moins qu'il ne vous accompagne ; vous devez signer un registre ici-même pour qu'on vous remette une clef magnétique, clef qui change toutes les semaines pour raison de sécurité.

— Une clef magnétique ! Mais je croyais que je n'aurais qu'une clef pour ouvrir mon box.

— En fait une clef à six points vous sera remise, car la porte du box est une porte blindée ; mais cela reste une clef qui peut tout à fait être contrefaite par des experts. C'est pourquoi il existe un complément de clef, qui n'est autre que la clef magnétique que nous vous donnerons lorsque vous viendrez signer le registre. Pour éviter toute falsification, le code change toutes les semaines, c'est fait automatiquement par l'ordinateur. Pour éviter que quelqu'un ne pénètre dans nos locaux la nuit, nous avons un système de surveillance infrarouge.

— Je vois que vous avez pensé à tout. Les boxes ont-ils des fenêtres ?

— Non, mais il existe un système d'éclairage automatique qui s'active dès qu'on ouvre la porte.

— Combien mesurent vos boxes ?

— Deux cent dix mètres carrés.

—Waouh ! C'est important comme superficie.

— Tout à fait ; venez donc constater par vous-même.

— Je vous suis.

— Mais avant vous devrez signer le registre, afin que l'on vous donne une clef magnétique.

— Bien sûr, c'est tout à fait normal.

— Pourrais-je avoir aussi une preuve de votre identité, comme un permis de conduire, une carte d'identité, ou même un passeport ?

— Voici ma carte d'identité.

Après avoir signé le registre, Catarina reçut une carte magnétique, tandis que la personne qui l'avait accueillie prenait la clef d'un box vide, afin qu'elle constate la taille. Au fur et à mesure qu'ils avançaient dans les grands couloirs, les lumières s'allumaient, et lorsqu'ils arrivèrent devant le box 60, le responsable mit la clef dans la serrure et demanda à

Catarina de passer la clef magnétique dans la fente du boîtier qui était sur le mur ; automatiquement, la porte s'ouvrit.

— Je constate que votre système de double clef est au point et très efficace. Et cette porte est vraiment une porte blindée.

Lorsque la porte s'ouvrit, la lumière s'alluma automatiquement, dévoilant une immense pièce entièrement close.

— Chaque box est pourvu d'un système d'aération et d'un système anti-incendie qui se déclenche automatiquement en cas de danger.

— Comment se ferait l'évacuation d'eau dans ce cas, sans endommager ce qui se trouve à l'intérieur ?

— Le sol est pourvu d'un système d'évacuation qui s'ouvre automatiquement pour laisser sortir l'eau. N'ayez crainte, aucune vermine ne pourra s'infiltrer par le conduit, car un système électrique en protège l'accès, ainsi qu'un système d'ultrasons.

— Ma foi, je n'ai rien à redire, vous avez vraiment pensé à tout. Mais si par malheur ce qui est à l'intérieur venait à brûler ou à être abîmé…

—Vous seriez remboursée, si vous avez bien entendu pris l'assurance qui correspond à la valeur de ce que vous avez à l'intérieur.

— Je vois que vous avez tout prévu.

— Oui, madame, nous tenons au sérieux de notre entreprise.

— C'est tout à votre honneur. Maintenant que j'ai pris connaissance de tout ce que vous avez à m'offrir, je vais en faire part à mon ami et je vous contacterai d'ici peu.

— Je vous en prie. Nous vous compterons avec plaisir parmi nos clients.

Catarina rendit la clef magnétique et signa à nouveau le registre. Avant de partir, elle prit la carte de visite de la personne qui l'avait si bien renseignée et guidée dans ces longs couloirs.

Elle était persuadée que le mari de sa cliente cachait quelque chose d'important dans le box 23 et que cela avait sans doute un rapport avec le coffre qu'il avait ouvert à la banque.

En arrivant au métro, elle prit son bloc-notes et inscrivit dessus qu'il fallait prévenir Mme Marcial de l'existence de ce box, afin qu'elle cherche les clefs et sans doute qu'elle demande au juge l'autorisation d'une perquisition ; ce qui impliquait de prévenir les services de police, au cas où Catarina ne retrouverait pas au plus vite la trace de l'antiquaire. Après quoi, elle se rendit au *Foyer de la deuxième chance* pour obtenir des renseignements sur un ancien détenu dénommé Achille Perlet, ex-complice de Martine Corvisart.

Chapitre 9
Le complice de Martine Corvisart

Lorsqu'elle arriva devant le vieil immeuble en meulière, le portable de Catarina se mit à sonner.

— Allo ! Vous êtes bien la détective Maty H ?

— Oui. Et vous êtes ?...

— Je travaille à l'accueil du Fret de l'aéroport Charles-de-Gaulle ; nous nous sommes vues hier.

— Ah oui, vous avez trouvé l'adresse où ont été livrés les deux colis intervertis ?

— Oui. La statue du soldat en terre cuite venant de Chine a été livrée à M. Arkadiy Ramanov au 35, boulevard de Clichy, dans le 9ème arrondissement de Paris, alors que le totem qui arrivait de Rio a été livré à M. Henry Dubreuil, au 43, avenue Marceau, dans le 16ème.

— Est-ce que quelqu'un est venu vous trouver pour se plaindre de cet échange de marchandises ?

— Non, madame, personne en dehors de vous.

— Savez-vous comment une telle chose a pu arriver ?

— Non, madame, je l'ignore. Madame, vous n'allez pas parler aux journaux ou au directeur du Fret de ce qui est arrivé, n'est-ce pas ?

— Non, je ne dirai rien puisque j'ai les renseignements que je voulais.

— Merci, madame, dit avec soulagement l'employée avant de raccrocher.

— Bon, se dit Catarina, j'ai à présent deux pistes à suivre, mais je crois qu'il serait plus prudent que je n'y aille pas toute seule. Je demanderai de l'aide à Paul ; mais on verra ça plus tard, car j'ai d'abord une petite visite à faire ici.

Elle regarda le vieil immeuble de plus près et remarqua qu'il y avait des barreaux aux fenêtres ainsi que des caméras de surveillance sur la façade, juste au-dessus de l'interphone. Elle appuya sur le bouton et demanda à parler au contrôleur judiciaire. Immédiatement, une sonnerie se déclencha et la porte d'entrée s'ouvrit. Catarina franchit le seuil, et automatiquement la porte se verrouilla derrière elle. Un homme vint à sa rencontre ; il mesurait bien un mètre quatre-vingts, et était assez musclé pour assommer le premier individu récalcitrant qui croiserait son chemin. D'ailleurs, c'était sans doute ce qu'il avait fait à plusieurs reprises dans sa vie, à voir son nez de boxeur. Il avait à la ceinture des menottes, une matraque ainsi qu'une bombe au poivre et un Taser, de quoi dissuader les plus récalcitrants.

— Je n'ai pas compris votre nom tout à l'heure à l'interphone, dit-il.

— Pardonnez-moi, mais je ne me suis pas présentée. Maty H, détective privée. Je travaille actuellement sur une disparition. Mes recherches m'ont conduite jusqu'à vous, et j'aimerais vous poser quelques questions au sujet d'un ex-détenu dont vous avez la charge et qui loge peut-être ici.

— De qui s'agit-il ?

— De M. Achille Perlet.

En entendant prononcer ce nom, l'homme changea de couleur. Il demanda à Catarina de le suivre dans son bureau.

— Puis-je savoir pourquoi vous vous intéressez à lui ?

— Parce qu'il était le complice d'une certaine Martine Corvisart, liée justement à la personne que je recherche.

— Et vous croyez qu'il a quelque chose à voir avec cette disparition ?

— Je n'en sais rien, c'est la raison pour laquelle je suis là.

— Je suis vraiment navré, mais je ne pourrai pas vous aider.

— Pourquoi ? Je voudrais juste lui parler s'il loge ici, et lui poser quelques questions ; après quoi je m'en irai !

— Je regrette, mais ce n'est pas possible. Permettez que je vous raccompagne.

Catarina se rappela tout à coup la pâleur de son visage lorsqu'elle avait prononcé le nom, et risquant le tout pour le tout, demanda :

— Ça fait combien de jours qu'il n'est pas revenu et qu'il a violé sa conditionnelle ?

— Pardon ? bégaya l'homme.

— Écoutez, je n'ai pas de temps à perdre et la vie d'une personne est en jeu. Je veux savoir depuis combien de temps M. Perlet n'est pas rentré, dit-elle en haussant le ton.

— Depuis une semaine, mais un mandat d'amener a été lancé contre lui dans toute la France.

— Une semaine ! Puis-je fouiller sa chambre ?

— Il n'y a rien dedans, je l'ai déjà fouillée.

— Sans doute, mais peut-être que ce qui vous semble anodin me mettra sur sa piste, et si tel est le cas et que je retrouve sa trace, je vous appelle immédiatement.

— Vous n'avez aucun droit pour fouiller ici !

— C'est exact, mais la police, si ; vous préférez qu'elle le fasse avec un mandat du juge ? Je peux les appeler immédiatement.

— Non ! Ce ne sera pas utile. Suivez-moi, je vais vous conduire à sa chambre.

Ils montèrent au premier étage, et longèrent le couloir jusqu'à la dernière porte. Là, l'homme sortit un passe de sa poche et ouvrit afin de laisser Catarina faire son inspection.

La première chose qui lui sauta aux yeux fut les barreaux aux fenêtres et les inscriptions gravées sur les murs de la chambre. La taille de la pièce et l'absence de confort, en dehors du lit et d'une petite table sur laquelle était posée une lampe de chevet, lui donnèrent l'impression de se trouver dans une cellule de prisonnier.

— C'est ça que vous appelez le foyer de la deuxième chance ? Mais qui aurait envie de vivre ici ! dit-elle en regardant l'homme responsable de maintenir le lieu en état.

— Personne ne lui a mis un couteau sous la gorge pour qu'il commette tous les délits qui l'ont conduit en prison !

— Qu'en savez-vous ?

— Vous vouliez fouiller la chambre, alors allez-y ; mais vous ne trouverez rien.

— Peut-être que vous avez raison, mais je préfère m'en assurer personnellement.

Catarina regarda dans tous les coins de la pièce, sans succès ; et c'est justement quand elle allait partir en s'avouant vaincue qu'elle marcha sur une latte du parquet qui grinça sous son poids. Ce léger craquement attira son regard sur son pied et aussitôt elle s'agenouilla pour chercher des marques sur le parquet. Elle remarqua qu'un des angles de la latte comportait des éraflures. Elle sortit le canif de sa poche de jean, l'ouvrit et souleva la latte de parquet avec la pointe de la lame, mettant au jour les documents qui y étaient cachés. Elle les prit et alla s'installer à la table.

— Mais comment avez-vous deviné qu'il cachait des documents sous le parquet ?

— Quand vous aurez vu et lu autant de romans policiers que moi, plus aucune cachette ne vous surprendra. Si vous permettez, je voudrais prendre connaissance de ces documents et sitôt après, je vous en informerai, bien entendu ; comme ça, vous pourrez l'appréhender sans doute plus facilement.

— Faites donc ; je vous attendrai en bas dans mon bureau, dit l'homme, les mâchoires crispées.

— Merci. Pourriez-vous fermer la porte en sortant ? C'est pour éviter d'être dérangée.

Il ne releva pas et claqua la porte avant de descendre.

Catarina éparpilla tous les documents sur la table : il y avait un numéro de téléphone, une photo de Martine Corvisart passablement abîmée et un ticket de consigne de la gare de Lyon. Elle prit son téléphone et appela le numéro inscrit sur le papier. Elle entendit quelqu'un décrocher et dire :

— Service Entrepôt sous haute surveillance.

— Je vous appelle de la part d'Achille…

Avant qu'elle ait prononcé le nom de famille, elle entendit un juron et immédiatement l'homme se mit à chuchoter.

— Je lui avais dit de ne plus jamais m'appeler ! Je ne ferai plus rien pour lui !

Jouant le tout pour le tout, Catarina se mit à parler sèchement.

— Maintenant vous allez m'écouter, et ne vous avisez pas de raccrocher si vous ne voulez pas que je raconte en haut lieu ce que vous avez fait !

Comprenant qu'il risquait de perdre son travail, l'homme se calma.

— Que voulez-vous ?

— Tout d'abord vous voir !

—Ce n'est pas possible ! C'est formellement interdit ! Je ne peux pas quitter mon poste.

— D'après ce que je sais, cela ne vous a pas empêché de le quitter pour Achille.

— Il m'avait menacé de tout dire à mon employeur sur mes antécédents avec la justice.

C'est très exactement ce que je ferai si vous ne répondez pas à mes questions !

Sans même lui laisser le temps de réagir, Catarina commença son interrogatoire.

— Achille est venu vous voir pour que vous lui ouvriez un de vos box, c'est bien ça ?

— Et surtout ne vous avisez pas de me mentir, car je connais déjà les réponses. Je vous préviens, je n'ai pas de temps à perdre : le premier mensonge de votre part ou une quelconque réponse qui ne correspondrait pas à ce que j'ai sur ma feuille, vous vaudra le renvoi de votre travail ! Est-ce que je me suis bien fait comprendre ?

— Oui.

— Parfait. Donc je disais qu'Achille était venu vous voir.

— Oui, madame.

— Et ce box porte le numéro… ?

— Le numéro 23.

En entendant ce chiffre, Catarina comprit que ses doutes commençaient à se vérifier. Toutes les pièces du puzzle étaient en train de se mettre en place.

— Lorsqu'il est venu pour l'ouverture du box, il était seul ?

— Non, madame, il était accompagné du propriétaire du box.

Lorsqu'il est reparti en fermant le box derrière lui, le propriétaire était-il avec lui ?

Non, madame, il était retourné à la voiture chercher des papiers.

— L'avez-vous vu remonter en voiture ?

— Non, madame.

— Je suppose que vous avez les enregistrements de son arrivée et de son départ ?

— Non, madame.

Catarina comprit alors le rôle que son interlocuteur avait tenu auprès d'Achille Perlet.

— L'avez-vous vu transporter quelque chose à l'intérieur du box ?

— Non, madame, mais cela ne veut pas dire qu'il ne l'a pas fait.

— Avez-vous un passe général qui permettrait d'ouvrir les boxes ?

— Non, madame, c'est interdit !

—Alors qui possède ce passe ? Et ne me dites pas « personne », car si j'ai un mandat de perquisition, l'entreprise sera obligée de m'ouvrir le box. Alors je répète ma question : qui a ce passe ?

— La directrice, madame.

— Je suppose qu'elle a un coffre-fort dans son bureau, où elle garde le passe, avec toutes les clefs magnétiques et les changements de code.

— Oui, madame.

— Seriez-vous capable d'ouvrir ce coffre-fort pour récupérer le passe et m'ouvrir le box de M. Marcial ?

— Si jamais je faisais ça, je serais renvoyé !

— Si vous ne dites rien, je ne dirai rien, et personne ne sera au courant.

— Mais c'est de l'abus de confiance !

— Moi, je dirais plutôt qu'en faisant ça, vous sauverez peut-être la vie d'un homme.

— Parce que vous croyez vraiment qu'en risquant mon travail, je pourrais sauver la vie de quelqu'un ?

—Oui. Écoutez-moi : en votre âme et conscience, croyez-vous sincèrement qu'Achille Perlet serait incapable d'enfermer quelqu'un dans ce box ?

L'homme ne répondit pas ; il savait qu'Achille Perlet était tout à fait capable d'un tel acte. Et ce qui le renforçait dans cette certitude, c'est qu'il n'avait pas vu sortir le propriétaire du box. Sur le coup, il avait cru ce qu'on lui disait. Mais Achille Perlet avait très bien pu mentir, puisqu'il pratiquait aussi le chantage. Convaincu apparemment, l'employé répondit à Catarina qu'il lui ouvrirait le box 23.

— À quelle heure voulez-vous que je vienne vous retrouver ?

— Au changement de quart, ce qui veut dire à vingt-trois heures. Garez-vous à l'arrière du bâtiment et je vous ouvrirai.

— Vos compagnons ne risquent pas de se poser des questions en me voyant entrer aussi tard, et de plus par l'arrière ?

— Non, car ils n'en sauront rien. L'écran qui surveille la porte de derrière et le box 23 sera redirigé vers mon écran. Comme j'ai droit à vingt minutes de pause, on en profitera pour aller au box, y jeter un œil et repartir ; c'est le temps que durera l'enregistrement que j'aurai préalablement fait de mes caméras.

— Parfait, je vois que vous avez tout prévu. Si jamais on est pris sur le fait, je dirai que je vous ai menacé ; mais n'ayez crainte, tout se passera bien.

Catarina raccrocha et sortit du foyer, sans même informer le responsable de sa découverte. Elle se dirigeait d'un pas décidé vers le domicile de sa cliente quand elle reçut un appel de Paul.

— Oui Paul, tu as des nouvelles pour moi ?

— Non, les collègues ont relevé plein d'empreintes, mais aucune n'est répertoriée dans notre base de données.

— C'est plutôt bon signe, dans le cas présent.

— Disons que si les propriétaires de nos empreintes ont commis des délits, on n'a pas encore découvert lesquels.

— Dis-moi Paul, est-ce que tu aurais entendu parler d'un Russe nommé Arkadiy Ramanov, qui loge au 35, boulevard de Clichy dans le 9ème ?

— Pourquoi cette question, Catarina ?

— Parce que c'est l'une des pistes que je dois suivre, et je me disais que lorsque j'irai lui rendre une petite visite, je me sentirais plus rassurée si certains d'entre vous étaient dans les parages.

— Qu'est-ce que cet homme a à voir avec ton affaire ?

— Disons que mon client lui a livré une autre marchandise que celle qu'il attendait.

— Et tu crois que ce Russe aurait pu séquestrer ton client pour récupérer son bien ?

— C'est une idée qui m'a trotté dans la tête.

— Je vais me renseigner, mais tant que je ne t'ai pas rappelée, ne te rends pas là-bas.

— D'accord. Pendant que tu y es, tu pourrais aussi vérifier que M. Henry Dubreuil, habitant au 43, avenue Marceau dans le 16ème, n'est pas un tueur en série ? Maintenant, je dois te laisser, car je viens d'arriver devant la villa de ma cliente.

Après avoir raccroché, Catarina appuya sur le bouton de l'interphone qui se trouvait à l'extérieur de la grille.

— Oui ? C'est à quel sujet ?

—Je suis Maty H, détective privée, et Mme Marcial m'a dit que je pouvais venir jeter un œil à l'atelier de son époux.

— Ah oui ! Mme Marcial nous a prévenus de votre arrivée, je vous ouvre et je vous conduis immédiatement à l'atelier de restauration de Monsieur.

— Merci, c'est très aimable de votre part.

La grille ouverte, Catarina s'avançait vers l'immense demeure lorsqu'elle vit le majordome venir à sa rencontre.

— Bonjour, madame ; veuillez me suivre, s'il vous plaît.

Avec déférence, il la conduisit à l'atelier.

— Madame m'a dit de vous laisser et de rester à votre entière disposition au cas où vous auriez besoin de quelque chose.

— Je vous en remercie.

Lorsque le majordome eut refermé la porte, Catarina commença par regarder tout autour d'elle. Elle remarqua que la pièce était occupée par un établi en bois a priori banal et par de grandes étagères chargées d'un grand nombre de produits. Il y avait de la térébenthine, des pinceaux, de la peinture et, derrière, des flacons de rénovateur de bois. Catarina trouva étrange qu'un antiquaire possède dans son atelier le nécessaire pour faire de la peinture, mais elle se dit qu'après tout il aimait peut-être peindre à ses heures perdues. Comme elle reculait pour mieux apprécier ce qui l'entourait, elle trébucha sur du plastique et, en voulant se retenir à l'établi pour ne pas tomber, elle le sépara en deux.

Car l'établi n'en était pas un en réalité. Il s'agissait d'un trompe-l'œil, confectionné en carton. On aurait dit un élément de décor de théâtre. La peinture utilisée était telle, qu'elle donnait l'illusion du vrai. En y regardant de plus près, Catarina remarqua que la structure renfermait trois étroites et grandes caisses en bois. Chacune mesurait environ un mètre de haut sur quatre-vingts centimètres de large et cinquante d'épaisseur. Intriguée, elle sortit les caisses de l'établi en carton et chercha autour d'elle de quoi les ouvrir.

Au pied de l'étagère supportant la térébenthine, elle vit une boîte à outils ; elle l'ouvrit et y trouva un pied-de-biche, l'outil qu'elle cherchait pour soulever les couvercles des caisses. Avec beaucoup de précaution, elle fit sauter les clous qui les maintenaient fermées. À l'intérieur de chacune, elle découvrit un tableau. Elle sortit prudemment les tableaux, qui étaient enveloppés dans du papier bulle. En découvrant ce qu'ils représentaient, elle resta saisie. La première caisse contenait un tableau de Claude Monet, *Femmes au jardin* ; la deuxième, *Les Trois Grâces* de Lucas Cranach l'Ancien ; dans la troisième caisse, c'était *L'homme à la pipe* de Vincent Van Gogh.

— Je ne comprends pas, s'étonna-t-elle. Ces tableaux ont l'air d'être authentiques. Mais ils ne peuvent pas l'être. À l'heure actuelle, les originaux sont exposés dans des musées, sous haute surveillance. S'ils avaient disparu, les journaux en auraient parlé, ce qui n'est pas le cas ; à moins que personne ne se soit rendu compte de leur disparition. Ou que les tableaux que j'ai devant moi soient des faux. Les caisses ne portent aucune mention, mais elles sont destinées à quelqu'un forcément. Tout d'abord, je dois vérifier leur authenticité ; je vais donc en emporter un pour le faire expertiser. Je prendrai *Les Trois Grâces* : c'est le moins encombrant et personne n'ira imaginer qu'il s'agit de l'original si jamais on me voit avec dans la rue. Mais d'abord, je vais tout remettre en place, excepté ce tableau. En dehors de ça, je ne vois rien de plus qui puisse m'intéresser. Il faut que je demande à ma cliente si son mari est capable de reproduire un tableau de maître. Mais je n'ai plus rien à faire ici. Je dois maintenant présenter ce tableau à un expert pour savoir s'il s'agit d'un faux. Si c'en est un, cela voudra dire que l'antiquaire est de mèche avec Martine Corvisart et qu'il est peut-être le faussaire. Auquel cas, il est dans un sacré pétrin, car Achille Perlet a dû chercher à se venger des années de prison qu'il a faites ; sans doute avait-il été trahi par sa partenaire, ou par le mari de ma cliente. Je crains qu'il ne soit trop tard pour M. Marcial. Je crois bien que c'est la première fois que je vois quelqu'un avoir autant d'ennemis. Si ça se trouve, le supposé échange de marchandises n'en est pas un. Peut-être l'antiquaire avait-il tout simplement l'intention de doubler les Russes et le collectionneur, car après tout, lorsqu'on se fabrique un faux établi pour cacher des tableaux, on est capable de tout. Qu'est-ce qui peut bien se cacher à l'intérieur du totem ou du soldat en terre cuite pour que les Russes et le collectionneur veuillent tant les récupérer ? Sa femme n'est sûrement au courant de rien, sinon il n'aurait pas dissimulé ainsi ces trois tableaux.

Catarina trouva plus prudent de ne pas dévoiler l'existence du faux établi à sa cliente, tant qu'elle n'en saurait pas plus. Elle sortit donc de l'atelier, après avoir tout remis en place comme si de rien n'était, et alla trouver le majordome.

— Savez-vous quand Mme Marcial doit rentrer ?

— Non, madame.

— Pourriez-vous l'informer que j'ai emporté un des tableaux de son mari, et que je compte le garder quelques jours, car il me renseignera probablement sur la disparition de M. Marcial.

— Je l'informerai dès son retour. Quoi qu'il en soit, elle m'avait donné pour consigne de vous laisser fouiller l'atelier et emporter ce qui pourrait vous aider à retrouver Monsieur.

— Je vous laisse. Dites bien à Mme Marcial que je la tiendrai au courant de l'avancée de mes recherches.

Chapitre 10
Qui est vraiment M. Marcial ?

Après un dernier signe de tête, Catarina quitta la villa ; en chemin, elle appela ses amis du commissariat pour leur demander où elle pourrait trouver un expert en tableaux. On lui conseilla d'appeler Évelyne au laboratoire de la police.

— Elle pourra t'aider, car lorsqu'on a des tableaux volés, c'est à elle qu'on s'adresse : c'est elle qui fait les expertises et les tests au carbone quatorze ; au moins comme ça, tu sauras ce qu'il en est.

— Merci pour le tuyau.

— Et n'oublie pas notre tarte meringuée.

—Je n'oublie pas !

Catarina emporta donc le tableau au laboratoire de la police scientifique qui se trouvait quai des Orfèvres. Elle passa le contrôle de sécurité et présenta sa carte de détective privée avant de demander son chemin. À l'entrée du laboratoire, elle indiqua qu'elle souhaitait voir Évelyne, la technicienne du laboratoire qui s'occupait d'expertiser les œuvres d'art. On la dirigea vers le service « art1 » qui se trouvait à gauche au fond du couloir. Arrivée devant une porte vitrée, elle frappa ;

une femme d'une soixantaine d'années qui travaillait derrière son ordinateur, leva la tête de son écran et lui fit signe d'entrer.

— Bonjour, madame, je cherche une technicienne en art appelée Évelyne.

— Ne cherchez plus, vous l'avez trouvée. Je suppose que vous êtes Catarina, la jeune femme qui est devenue détective privée, dont les pâtisseries ont perverti tout un commissariat ?

— Ma foi, « perverti » est un grand mot, mais c'est bien de moi qu'il s'agit.

— Que puis-je faire pour vous ?

—Eh bien voilà. J'enquête sur la disparition d'un homme. Mon enquête m'a ouvert plusieurs pistes, l'une d'elles m'a menée à ce tableau. Je suppose qu'il est faux ; seulement, comme je suis nulle en art, je serais bien incapable de reconnaître un vrai d'un faux.

— Qu'est-ce qui vous fait croire qu'il est faux ?

— Disons que si l'original avait été volé, cela aurait fait les gros titres. De plus, avec tout le système de sécurité qui l'entoure, il aurait été impossible de l'échanger avec un faux.

— Puis-je le voir ?

— Oui, bien sûr, le voici.

Catarina tendit le tableau qu'elle avait récupéré chez Mme Marcial.

Avec beaucoup de précaution, la technicienne le sortit de son emballage et découvrit avec stupéfaction qu'il s'agissait du tableau de Lucas Cranach l'Ancien, *Les Trois Grâces*.

— Ça alors ! Je comprends tout à fait vos doutes : à première vue, il a l'air authentique. Mais comme vous le disiez si bien tout à l'heure, si le véritable tableau avait été volé, la presse en aurait parlé. J'en saurai plus lorsque j'aurai fait tous les tests.

— Merci. Vous me direz combien je vous dois pour l'expertise.

— Pour l'instant, la seule chose qui importe, c'est que nous sachions à quoi nous avons affaire.

— Certes, car le mari de ma cliente est soit un faussaire, soit un voleur, soit un receleur. En fait, de votre expertise dépendra le tournant que prendront mes recherches.

— Je vous donnerai une réponse demain en fin d'après-midi.

— C'est parfait ; d'ici là, je vais continuer mes investigations. Je dois justement me rendre à la gare de Lyon pour présenter un ticket de consigne, avant mon rendez-vous de ce soir.

— J'espère que vos investigations seront fructueuses.

— Je ne sais pas ce que je vais trouver là-bas, mais peut-être que cela m'enverra sur une nouvelle piste. Encore merci pour votre aide.

— C'est avec plaisir. Comment puis-je vous contacter si besoin ?

— Pardon, je ne vous ai pas donné mes coordonnées.

Catarina prit une de ses cartes de visite et inscrivit dessus le numéro de téléphone du restaurant.

— Vous pouvez m'appeler à n'importe quelle heure, de jour comme de nuit. Si pour une raison ou une autre vous n'arriviez pas à me joindre, appelez ce numéro ; c'est un restaurant italien tenu par ma tante, vous pourrez lui laisser le message pour moi et je vous garantis qu'elle n'arrêtera pas de m'appeler tant que je ne l'aurai pas reçu.

— Ah, les familles italiennes ! Elles sont très bien, mais parfois un peu envahissantes.

— Je ne vous le fais pas dire. Surtout lorsque vous avez six frères qui jouent les gardes du corps.

— Oups ! Effectivement, à moins d'avoir un caractère bien trempé, on finit par devenir…

— Religieuse ! Tout à fait. C'est pour cela que j'habite à Paris et non en Italie.

— Vous savez, même s'ils ne sont pas italiens, le fait d'avoir des frères complique énormément les choses.

— Pourquoi ? Vous aussi, vous avez…

— Oui, et pas moins de trois. Alors je sais parfaitement par où vous êtes passée. Soyez sans inquiétude : dès que j'aurai fait mon expertise, je vous contacterai et je vous ferai un rapport sur ce que j'ai découvert.

— Je vous en remercie. Il est temps à présent que je me rende à la gare de Lyon, pour suivre cette autre piste qui pourrait bien me mener sur les traces du mari de ma cliente.

— J'espère que vous trouverez ce que vous cherchez.

— Oui, moi aussi.

Sur une poignée de main, les deux femmes se quittèrent.

Catarina prit le bus pour la gare de Lyon. Une fois sur place, elle se rendit au comptoir des consignes afin d'y présenter le ticket qu'elle avait trouvé dans la chambre d'Achille Perlet, l'ancien complice de Martine Corvisart.

— Bonjour, monsieur, je viens reprendre le paquet que j'ai laissé à la consigne.

— Vous avez votre ticket ?

— Oui, le voici.

Le préposé prit le ticket qu'elle lui tendait et regarda le numéro, avant de disparaître à l'intérieur de la salle des consignes pour aller chercher le paquet qui correspondait au ticket qu'il avait en main ; cinq minutes plus tard, il revint avec une mallette à la main.

— Tenez, voici votre mallette.

Catarina prit la mallette le plus naturellement du monde.

— Est-ce que je vous dois quelque chose pour la garde de mon paquet ?

— Vous me devez juste vingt-quatre heures de consigne supplémentaires.

Après avoir payé le supplément, Catarina quitta la gare avec la mallette sous le bras, et chercha un endroit loin des regards indiscrets pour l'ouvrir. La mallette étant fermée à clef, elle sortit le canif de sa poche et força la serrure. Elle souleva le couvercle avec beaucoup de prudence, ne sachant pas ce qu'elle pourrait trouver, priant tous les saints pour que ce ne soit pas une bombe. Quelle ne fut pas son horreur de découvrir à l'intérieur deux mains ensanglantées, qui avaient sans doute été coupées avec une scie à métaux ! Le spectacle lui souleva l'estomac, si bien qu'elle ne garda rien de son petit déjeuner. Dès que le malaise fut passé, elle prit son téléphone et appela ses amis du commissariat pour leur raconter ce qu'elle venait de découvrir.

— Où es-tu à présent ? demanda Paul.

— À la gare de Lyon, mais je dois me rendre à un entrepôt d'ici quelques heures, et je crains que ce que j'y découvre ne soit pas beau à voir.

— N'y va pas toute seule, c'est beaucoup trop dangereux ; attends qu'une patrouille arrive !

— Si je fais ça, jamais on ne m'ouvrira le box ; et je ne suis pas flic, donc je n'ai pas besoin de mandat !

— Catarina ! Écoute-moi...

— Non, Paul ! C'est toi qui vas m'écouter ! Tu dois envoyer quelqu'un pour venir chercher cette mallette afin qu'on relève les empreintes ; je crains que ces mains n'appartiennent au mari disparu de ma cliente. Vu la quantité de sang et la manière dont les mains ont été amputées, je n'ai que peu d'espoir de le retrouver en vie. Quoi qu'il en soit, je dois le trouver et faire arrêter les coupables. C'est pourquoi je vais laisser la mallette au contrôle de sécurité de la gare, je leur dirai de vous la remettre. Quoi que je découvre, je t'appellerai.

—Catarina !

—Ça va aller, Paul, j'ai eu de bons instructeurs et je sais comment me défendre. Mais pour m'éviter tout refus de la part de la sécurité de la gare de Lyon, tu veux bien les avertir de ma venue et leur donner l'ordre de veiller sur la mallette jusqu'à votre arrivée ?

— D'accord, mais fais très attention !

— Promis, à tout à l'heure.

Catarina se rendit au centre de sécurité de la gare de Lyon pour y laisser la mallette. Elle demanda à parler au responsable, qui justement attendait sa venue.

— Vous êtes mademoiselle Catarina, détective privée ?

— Oui, monsieur, voici ma carte ainsi que la mallette qui doit être remise aux autorités. Il faudrait éviter que trop de personnes y laissent leurs empreintes.

— On va la mettre dans un sac poubelle pour éviter ça.

— Parfait. Il faudra aussi éliminer de la liste des suspects la personne qui s'occupe des consignes de la gare. Il serait judicieux de relever les empreintes de cet homme, car elles figurent sur la mallette, tout comme les miennes.

Un des hommes apporta un sac poubelle pour y glisser la mallette.

Catarina quitta le centre de sécurité et sortit de la gare ; mais l'heure tardive de son prochain rendez-vous ne lui annonçait rien de bon, aussi trouva-t-elle plus prudent de prendre un taxi pour se rendre à l'entrepôt. Elle appela Guillaume, son ami chauffeur de taxi, pour lui signaler qu'elle aurait besoin de lui cette nuit.

— Pas de problème, Catarina. Où veux-tu que je te prenne et à quelle heure ?

— Viens me chercher au restaurant de ma tante à dix heures ce soir, car je dois me présenter à onze heures au Service Entrepôt sous haute surveillance ; c'est en banlieue.

— Oui, je connais l'endroit ; les prix qu'ils pratiquent sont si exorbitants qu'il n'y a que les gens riches pour louer là-bas.

— Tu as loué un box ?

— Non, mais mon enquête m'y a menée et je crains que ce que je vais découvrir ce soir ne me plaise pas du tout.

— Tu veux que je t'accompagne ? Je serai ton garde du corps.

— Non, Guillaume, je te remercie, mais je préfère y aller toute seule, car si jamais mon contact découvre que j'ai amené quelqu'un, il refusera de m'aider.

— Soit ; je resterai donc dans mon taxi ; mais je te préviens : si dans la demi-heure qui suit ton entrée dans leurs murs tu n'es pas ressortie, je préviens la police.

— J'ai bien peur qu'une demi-heure soit vraiment un peu juste pour fouiller un box. Que dirais-tu d'attendre une heure et pas une minute de plus ?

— Quarante-cinq minutes, car il est tard pour traîner dehors ; et n'essaie pas de me faire changer d'avis, sinon je n'attendrai qu'une demi-heure.

— D'accord ! Tu as gagné, je ressortirai dans les quarante-cinq minutes.

— Maintenant que nous sommes d'accord sur le sujet, je viendrai te chercher chez ta tante.

— Parfait. À tout à l'heure alors.

Avant de se retourner chez Gina, Catarina se rendit dans un cybercafé pour vérifier quelques détails. Elle se connecta sur Google Maps et alla sur le site où elle devait se rendre pour onze heures, afin de repérer toutes les issues possibles en cas de problème. Elle prit des notes, dessina quelques croquis et une fois toutes ces indications en main, elle regagna le restaurant de sa tante.

Gina vint vers elle dès qu'elle la vit franchir les portes du restaurant.

— Alors, chérie, où en es-tu de ton enquête ?

— J'avance, tante Gina, et j'en saurai beaucoup plus ce soir.

— Ce soir ? Tu n'as pas l'intention de sortir toute seule la nuit pour aller parler à un indicateur, n'est-ce pas ?

— Non, sois tranquille, Guillaume viendra avec moi.

— Ah, j'aime mieux ça ! Et où devez-vous aller ?

— Au Service Entrepôt sous haute surveillance.

— Je n'en ai jamais entendu parler. Qu'est-ce que c'est ?

— C'est un service qui loue des boxes à un prix exorbitant, et ce soir je vais découvrir ce que renferme le box du mari de ma cliente.

— Mais ça risque d'être dangereux ; pourquoi ne t'a-t-on pas demandé d'y aller en plein jour ?

— Ne commence pas à t'imaginer des choses. Ce n'est pas parce que tu lis des policiers que tu dois penser que dans la vie tout se déroule exactement pareil. Je vais me changer pour être libre de mes mouvements, et je reviens grignoter quelque chose avant de partir.

— Parfait ; pendant que tu te changes, je prépare des pâtes carbonara comme tu les aimes.

— Ce n'est pas la peine, un simple sandwich suffira !

— Sûrement pas, surtout qu'il ne fait pas chaud ce soir. Je veux que tu aies le ventre plein et pas que tu risques un malaise.

— D'accord, tante Gina, je mangerai tes pâtes carbonara.

Catarina monta se changer. Elle mit son jean multi-poches, et se pourvut de son canif, d'un briquet, d'un morceau de ficelle, d'un mouchoir en tissu, ainsi que d'un rouleau de pièces de un euro, et de ses papiers d'identité.

Ainsi équipée, elle enfila une polaire et prit une veste chaude, avant de descendre retrouver sa tante.

Chapitre 11
Le secret du box 23

Sa tante la conduisit vers sa table et demanda à son mari de servir les pâtes carbonara. Catarina terminait son repas quand Guillaume entra.

Dès que Gina le vit, elle alla vers lui et le serra dans ses bras en l'embrassant.

— Bonsoir, mon garçon. Est-ce que tu as eu le temps de grignoter quelque chose ce soir ?

— Oui, Gina ; par contre, je ne serais pas contre un morceau de tarte au citron meringuée.

— Dans ce cas, assieds-toi à côté de Catarina, je t'apporte ça tout de suite.

Pendant que le jeune homme dégustait sa tarte, Gina lui demanda de veiller sur sa nièce et surtout de ne prendre aucun risque.

— Ne vous en faites pas, Gina ; si jamais je sens le moindre danger, j'appelle les renforts sur-le-champ.

— Bien ! Dans ce cas, je vous laisse.

—J'espère que tu as prévu de mettre le compteur en route, dit Catarina.

— Pas vraiment.

— Guillaume, il est hors de question que tu passes une grande partie de la nuit avec moi sans me faire payer le parcours. Cette somme, tu l'aurais gagnée si je ne t'avais pas appelé ; aussi, dès qu'on sera dans la voiture, tu déclenches le compteur.

Comprenant qu'il ne servait à rien de vouloir la faire changer d'avis, Guillaume céda, mais vraiment à contrecœur. Car il appréciait beaucoup Catarina et sa famille ; il avait trouvé auprès d'eux une famille de cœur et à chaque fois qu'il se sentait triste, c'est chez eux qu'il allait. Il n'oublierait jamais que c'était à Catarina qu'il devait d'être toujours en vie et en sécurité. C'est aussi grâce à sa famille qu'il était redevenu chauffeur de taxi. Avant de rencontrer Catarina, il dormait dans la rue avec tous les dangers que cela impliquait, et c'était justement par une froide nuit d'hiver qu'il avait croisé son chemin. Cela faisait plusieurs jours qu'il n'avait rien mangé et il était transi de froid. Alors qu'il était faible et épuisé, une bande de jeunes s'en était prise à lui ; ils étaient en train de le frapper parce que sa présence les avait gênés, et leurs copines les incitaient à frapper de plus en plus fort. Ils l'auraient sans doute tué si Catarina ne s'était pas jetée sur eux, rouant de coups le meneur de la bande et le mettant à terre. Elle menaçait de lui rompre le cou s'il ne s'éloignait pas. Le ton employé et la force de ses coups ne laissaient pas le moindre doute sur ce qu'elle était prête à faire. Elle savait se battre, ils l'avaient constaté ; c'est pourquoi ils n'avaient pas insisté et qu'ils avaient fui en emportant avec eux le chef de bande, non sans avoir menacé de revenir et de lui faire payer ce qu'elle venait de faire.

— Quand vous voudrez, mais sachez que la prochaine fois, c'est à la morgue que vous vous réunirez, je vous en fais le serment sur ma vie. Et maintenant foutez-moi le camp !

Sitôt les jeunes partis, elle s'était penchée vers le SDF, pour lui venir en aide.

— Ça va ? Vous pouvez vous lever ?

Le jeune homme était si mal en point qu'elle avait dû l'aider à se relever ; avec beaucoup de difficulté, elle l'avait emmené à pied jusqu'à un arrêt de taxi, où ils étaient montés dans une voiture.

Catarina avait demandé au chauffeur de les conduire au restaurant de Gina. Une fois sur place, elle avait payé la course et demandé à son oncle de l'aider à faire descendre le jeune homme du taxi. En voyant l'état dans lequel il était, l'oncle avait été révolté, et sans même que sa nièce lui dise ce qui s'était passé, il avait deviné. Il savait que la rue pouvait être sans pitié pour les sans-logis. Soutenant le jeune homme par les épaules, il l'avait conduit à l'intérieur du restaurant, où Gina s'affairait derrière les fourneaux.

— Gina ! Apporte la trousse de secours, vite !

— Pourquoi veux-tu la trousse... Oh, mon Dieu ! Mais qui a fait ça ?

— Des crétins qui n'ont aucune compassion et qui trouvent amusant de s'en prendre à plus faible qu'eux.

— Ce jeune homme est si pâle ! Si ça se trouve, il n'a rien mangé depuis plusieurs jours ! Nous allons lui donner quelque chose, mais il faut absolument qu'il voie un médecin. Il doit être conduit à l'hôpital.

— Non, s'il vous plaît, pas l'hôpital ! Je n'ai pas d'argent.

— Écoutez-moi. Vous allez manger, puis mon mari vous conduira avec Catarina à la maison. Vous prendrez un bain et ensuite nous ferons venir le médecin, d'accord ?

— Oui, merci, avait dit le jeune homme, les larmes aux yeux.

— Parfait.

Comme cela faisait plusieurs jours qu'il errait dans la rue le ventre vide, il avait mangé tout ce qu'on lui avait apporté en quelques secondes. Puis Catarina et son oncle l'avaient conduit dans l'appartement, et tandis que l'oncle l'aidait à se déshabiller et à prendre un bain, Catarina était allée chercher quelques affaires de rechange dans une armoire chez sa tante et avait préparé un lit dans le salon. Elle avait posé devant la porte de la salle d'eau un des pyjamas de son oncle, afin que le jeune homme le passe sitôt sorti du bain. Puis elle avait appelé le 15 pour avoir un médecin. Lorsque celui-ci était arrivé, le jeune homme était couché dans le fauteuil qui avait été préparé en lit à son attention.

— Que s'est-il passé ?

— Il a été battu par une bande de jeunes, et j'ai peur que les coups qu'il a reçus ne soient plus graves que ce qu'on pense.

— Si vous permettez, je vais l'examiner ; j'en saurai plus après.

— D'accord, docteur ; si vous avez besoin de nous, nous serons à côté.

— Une demi-heure plus tard, le médecin était sorti du salon et les avait rejoints.

— Alors, docteur ?

— Il a eu beaucoup de chance de croiser votre chemin ; car sans votre intervention...

— Mais comment va-t-il ?

— Il va bien mais il a deux côtes cassées, il aura besoin de beaucoup de repos et d'une alimentation équilibrée. Je suppose que dès demain il retournera dans la rue.

— Non, docteur, il va se retaper et ensuite nous ferons ce qu'il faut pour le remettre sur les rails.

— Dans ce cas, il aura besoin de médicaments ; si vous n'y voyez pas d'inconvénient, je repasserai le voir dans quelques jours ; mais surtout qu'il n'enlève pas son bandage.

— Je ne savais pas que vous faisiez des visites à domicile en dehors des urgences.

— Je ne le fais pas normalement, mais je n'ai pas l'habitude de voir des personnes agir humainement comme vous.

— Combien je vous dois, docteur ?

— Disons qu'un bon chocolat chaud suffira à payer ma consultation. Ce sera ma bonne action d'aujourd'hui.

— Merci, docteur.

— En cas de besoin, appelez-moi à ce numéro, c'est mon portable personnel.

— Merci, docteur ; si d'aventure vous passez dans la rue, entrez au restaurant *Chez Gina* qui est juste en bas ; je serai très honorée de vous inviter.

— C'est très aimable de votre part. Je dois y aller à présent, car j'ai un autre patient à voir à plusieurs arrondissements d'ici.

Sitôt le médecin parti, Catarina et son oncle s'étaient rendus dans le salon pour s'assurer que le jeune homme n'avait besoin de rien. Il s'était déjà endormi.

— Catarina, tu devrais en profiter pour aller chercher les médicaments que le médecin lui a prescrits.

— J'y vais tout de suite ; tu restes avec lui durant mon absence ?

— Bien sûr, mais ne tarde pas trop car ta tante va bientôt avoir besoin d'aide au restaurant.

— Ne t'en fais pas, je serai de retour avant même que tu ne te rendes compte de mon absence.

Sans perdre de temps, Catarina avait quitté l'appartement et couru à la pharmacie. Très vite, elle était de retour pour remplacer son oncle et donner au jeune homme les médicaments qu'avait prescrits le médecin. Lorsqu'elle l'avait réveillé, il avait sursauté en balbutiant qu'il partait sur-le-champ.

— Non ! Vous n'irez nulle part ! Vous resterez ici jusqu'à ce que vous soyez complètement guéri, et il n'y a pas à discuter ! Si je vous ai réveillé, c'est parce que vous devez prendre ceci, sur ordre du médecin.

— Des médicaments ! Mais je ne pourrai pas vous les rembourser.

— Je ne vous ai rien demandé, si ce n'est de les prendre consciencieusement et de guérir très vite.

— Vous êtes sûre que votre famille ne sera pas contre ma présence ?

— Certaine. Allons, reposez-vous à présent, et faites de beaux rêves.

Les blessures et la vie qu'il avait menée dans la rue l'avaient tellement épuisé qu'il s'était immédiatement endormi.

Après la fermeture du restaurant, Catarina avait donné des nouvelles à son oncle et à sa tante qui rentraient.

— Il voulait partir par peur de déranger ; je ne sais pas ce qui l'a conduit dans la rue, mais la vie n'a pas dû être facile pour lui.

— Oui, c'est bien ce que je crois, dit sa tante, c'est pourquoi ton oncle et moi-même avons pensé à une chose : lorsqu'il ira mieux, nous l'engagerons comme serveur ; comme ça, il pourra louer une chambre de bonne dans les parages, et il mangera correctement ici tous les jours.

— Oh, mais c'est merveilleux ! Je suis certaine que cette bonne nouvelle va le faire guérir beaucoup plus vite. Pour l'instant, laissons-le dormir tranquillement, demain au petit déjeuner vous lui annoncerez la nouvelle.

Et c'est très exactement ce qu'ils avaient fait. En apprenant les projets, le jeune homme n'avait pu s'empêcher de pleurer.

— Cette nouvelle ne vous plaît pas, mon garçon ? Gina s'était étonnée.

— Oh, madame, bien au contraire ! Il y a longtemps que personne ne m'avait montré autant d'attention et je vous en serai toujours reconnaissant. Vous m'avez donné à manger alors que je mourais de faim, un toit pour me protéger du froid et des habits pour me vêtir. J'ai ressenti plus d'affection auprès de vous tous que je n'en ai reçu ces six dernières années.

— Guillaume, pourriez-vous nous dire comment vous en êtes arrivé à vivre dans la rue ?

— En fait, il y a six ans, j'étais un homme heureux. J'avais une femme et nous devions avoir un bébé ; mais voilà, rien de ce qui devait se passer ne s'est déroulé comme prévu. Ma femme était enceinte de cinq mois et alors que je conduisais un client à la gare d'Austerlitz, j'ai reçu un appel me disant qu'elle avait été conduite à la Salpêtrière. Sur le moment, je n'ai pas su pourquoi elle avait été conduite là-bas, mais c'est une éclampsie qui a causé sa mort et celle de notre enfant. Ce jour-là j'ai tout perdu : ma famille et ma raison de vivre. Plus rien n'avait d'importance à mes yeux. Je ne suis plus retourné travailler, et comme je ne pouvais plus payer mon loyer, j'ai été expulsé. À l'époque la douleur était telle que je ne voyais rien d'autre. Je suis tombé si bas que tous mes amis m'ont tourné le dos. Il a fallu que je croise le chemin de votre nièce pour que ma vie change et que je découvre à nouveau qu'elle vaut la peine d'être vécue. Vous tous m'avez donné une deuxième chance, je vous promets de ne pas vous décevoir.

— Mais j'y compte bien, Guillaume. Au fait, quel genre de travail faisiez-vous avant ?

— J'étais chauffeur de taxi et j'avais ma propre licence, mais à présent je n'ai plus rien.

— Si ; à présent vous avez des amis et un travail qui vous attend ; aussi, remettez-vous vite.

Les jours avaient passé, et en moins de temps qu'il n'en faut pour le dire, Guillaume était à nouveau sur pied ; il avait meilleure mine et les bons soins de toute la famille l'avaient remplumé. Lorsqu'il avait enfin pu travailler, Gina l'avait engagé comme serveur dans son restaurant. Avec l'argent qu'il gagnait, il avait pris un studio dans le 8ème arrondissement. Le jour de l'anniversaire de Gina, il avait été invité à la réunion de famille. C'est ce jour-là qu'elle lui avait annoncé qu'elle ne pourrait le garder à son service.

En apprenant la nouvelle, Guillaume avait été atterré : tout son univers s'écroulait de nouveau. Puis Gina avait ajouté qu'elle ne pouvait pas le garder à son service car il ne pouvait pas cumuler deux emplois à plein temps.

— Mais je n'ai pas deux emplois ! Je n'ai que cet emploi de serveur, et je ne veux pas le quitter, je ne veux pas vous quitter !

— Hé Guillaume ! Tu ne nous quitteras pas, tu fais partie de la famille. Mais à compter de demain six heures du matin, tu seras chauffeur de taxi, et tu travailleras pour la centrale ; ton salaire sera triplé et tu feras un travail que tu aimes. Dans cette enveloppe, tu trouveras ta licence ; tout est payé et voici l'adresse de ton employeur ; sois tranquille il ne t'est pas inconnu car il vient dîner chez nous tous les soirs, tu as même parlé avec lui hier soir. Il se demandait quelle était la meilleure façon pour se rendre à Beaugrenelle, tout en évitant les bouchons.

— Oh ! C'est donc de M. Martin que vous parlez ?

— Oui, c'est bien lui.

— Alors toutes ces questions….

— … servaient à voir si tu n'étais pas trop rouillé après toutes ces années. Bon, maintenant que tu es rassuré sur ton avenir, peut-on souffler les bougies ? Car j'ai une grande envie de goûter à ce gâteau vu que c'est Catarina qui l'a préparé. Sache que tu peux venir manger au restaurant à tout moment, il y aura toujours une assiette pour toi.

À partir de ce moment-là, il avait été pleinement heureux et venait chaque fois qu'on avait besoin de lui.

Depuis le jour où Catarina lui avait annoncé qu'elle voulait être détective privée, il s'était senti inquiet, non pas pour lui mais pour elle. Car tout à coup il se rendait compte que la jeune fille pourrait être en danger ; dès cet instant, il lui avait fait promettre que si dans ses enquêtes elle se sentait menacée, ou si elle devait aller dans un endroit dangereux, elle ferait appel à lui, de jour comme de nuit, qu'il fût en service ou pas. C'est très exactement ce qu'elle venait de faire aujourd'hui ;

aussi, il se devait de la protéger et de veiller sur elle. Et il ferait tout ce qui serait en son pouvoir pour qu'il ne lui arrive rien. Quand il eut terminé sa part de tarte et pris son café, il offrit le bras à Catarina en disant :

— Si mademoiselle veut bien se donner la peine de me suivre jusqu'à son carrosse...

— Oh mais avec grand plaisir !

— Faites attention à vous ! leur cria Gina alors qu'ils s'éloignaient.

— Soyez tranquille, Gina, je vous la ramènerai saine et sauve !

Catarina prit place devant, à côté de Guillaume.

— Tu es prête ?

— Oui, on peut y aller. Lorsque nous serons là-bas, je ne veux pas que ton taxi soit vu. Je te dirai où te garer.

— Tu crains une manigance ?

— Oui, j'ai déjà la preuve qu'ils sont allés plus loin qu'un simple enlèvement.

— Alors, pourquoi y vas-tu ?

— Si je ne retrouve pas le mari de ma cliente, ma réputation est fichue et personne ne viendra jamais plus me donner de travail.

— Je comprends, Catarina, mais est-ce que tu crois que ça vaut la peine de mettre ta vie en jeu ?

— Toi-même, tu la mets en danger lorsque tu conduis ce taxi !

— Mais ce n'est pas la même chose !

— Guillaume, je t'aime comme un frère et aujourd'hui j'ai besoin de compter sur toi ! Ce n'est pas d'un serment dont j'ai besoin mais d'une épaule solide. Est-ce que je peux compter sur toi ?

— Mais bien sûr que tu peux compter sur moi.

Elle lui demanda de l'emmener jusqu'à l'entrepôt et, dès qu'ils seraient devant la porte de derrière, de s'éloigner et de se cacher loin de la caméra, afin que les complices du kidnappeur croient qu'elle était seule et sans défense. Arrivée à destination elle descendit du taxi. Un homme lui ouvrit la porte et la fit entrer à l'intérieur sitôt le taxi parti.

— Entrez vite ! Nous n'avons que vingt-cinq minutes devant nous, c'est le temps que dure ma pause et le DVD d'enregistrement.

— Vous avez réussi à vous procurer les clefs ?

— Oui, je les ai toutes les deux, dépêchons-nous ! Je vous préviens, je ne veux plus jamais entendre parler de vous après.

— C'est promis ; pour commencer, je veux voir ce qu'il y a dans ce box.

L'homme la conduisit au box numéro 23 et ouvrit la porte avec les deux clefs ; Catarina se trouva devant un espace tout noir : contrairement à ce qu'on lui avait annoncé lors de sa visite, l'éclairage automatique ne s'était pas déclenché.

— Sur votre droite, il y a un interrupteur. Appuyez dessus et tout s'allumera immédiatement.

La lumière révéla du sang partout, un véritable champ de bataille ; des tableaux avaient été transpercés et une commode en bois sculpté était renversée par terre. Vu la taille et le poids de la commode, Catarina ne douta pas un instant que la lutte avait été d'une extrême violence. Elle se tournait vers l'homme qui l'avait fait entrer dans le box lorsqu'elle sentit une forte douleur au niveau de la tête, avant de tomber à terre sans connaissance.

— Alors comme ça tu voulais me faire chanter ? Eh bien, tu peux toujours essayer ! dit le vigile.

Il se tourna vers l'homme qui avait assommé Catarina avec un extincteur :

— Tu finis ce que tu as à faire et après tu disparais de ma vie pour toujours, c'est clair ?

— Hé là, tout doux ! Ce n'est pas à toi de me dire ce que j'ai à faire. Ce sera fini quand je le dirai et pas avant, compris ? Maintenant tu vas m'aider à la ligoter et à la….

— Holà ! Je t'arrête tout de suite. Il est hors de question que tu m'entraînes dans tes affaires, et il reste à peine cinq minutes avant que les caméras ne se remettent en route. Si tu ne veux pas apparaître sur les bandes, je te conseille de quitter cet endroit au plus vite. Fais ce que tu as à faire, et dépêche-toi.

— Aide-moi à la pousser à l'intérieur.

Après avoir replongé le box dans le noir, ils le verrouillèrent et reprirent le long corridor jusqu'à la porte de derrière.

— Sais-tu qui c'était ? demanda Achille Perlet.

— Non. Elle est passée ce matin, s'est dite une amie de l'homme à qui appartient le box. Elle te connaissait et elle savait que tu lui avais fait du mal.

— Je ne sais pas d'où elle tient toutes ces informations mais une chose est sûre : elle est désormais hors d'état de nuire.

— Tu es sûr que personne ne l'entendra crier ?

— Avec l'épaisseur des murs et l'isolation qu'il y a pour les incendies, aucun risque.

— Parfait.

Chapitre 12
Catarina en danger

Rassuré que la jeune femme ne lui pose plus de problème, Achille Perlet quitta le centre de contrôle dans la nuit, sous le regard attentif de Guillaume qui eut à ce moment-là le pressentiment qu'il était arrivé quelque chose à Catarina. Malgré la promesse faite à son amie d'attendre quarante-cinq minutes avant de venir à son secours, il prit son téléphone portable et appela Anthony à la caserne pour l'avertir que Catarina était en danger.

— Attends Guillaume, calme-toi et dis-moi clairement ce qui s'est passé.

Guillaume raconta toute l'histoire en signalant l'appréhension qu'avait Catarina à venir seule au Service Entrepôt sous haute surveillance, ainsi que le départ de l'homme qui était sorti par derrière et qui était monté dans une voiture garée à quelques mètres.

Tandis que Guillaume appelait du renfort, Catarina reprenait petit à petit ses esprits avec un effroyable mal de tête qui lui vrillait les tempes. Le fait d'être plongée dans le noir accéléra les battements de son cœur. Le silence pesant autour d'elle lui fit comprendre qu'on l'avait enfermée dans le box. Elle prit son portable pour demander à Guillaume de l'aider, mais elle se rendit compte qu'il n'y avait pas de réseau. Elle utilisa alors son téléphone comme lampe de poche pour trouver la porte d'entrée et ensuite l'interrupteur. La lumière accentua son mal de tête, et elle eut l'espace d'un instant la tête qui tournait. Le coup d'extincteur qu'elle avait reçu à la tête l'avait fait tomber au sol, inconsciente. Sous l'impact elle s'était ouvert l'arcade sourcilière, et saignait abondamment ; de plus, lorsque les deux hommes l'avaient jetée à l'intérieur du box sur les débris des tableaux, elle s'était fait une entaille sur le front, d'où s'écoulait aussi du sang. Lorsqu'elle put enfin respirer normalement et qu'elle eut calmé les battements de son cœur, elle chercha un moyen de s'échapper du box. La porte étant blindée, elle savait qu'elle n'avait aucune chance de sortir par là. Elle regarda tout autour d'elle, et vit au plafond un système d'extincteurs automatiques, qui devait s'activer lorsque l'ampoule explosait sous l'effet de la chaleur, libérant automatiquement des litres d'eau dans la pièce.

Catarina se dit que si elle déclenchait l'alerte incendie, les pompiers en seraient immédiatement informés et que Guillaume arriverait peut-être à temps avant qu'elle se noie. Elle se dirigea vers la commode malgré le sang qui coulait sur son visage et lui obstruait la vue. Elle tenta de la bouger, en vain ; elle l'ouvrit pour voir ce qu'il y avait de si lourd à l'intérieur et trouva le corps sans vie de M. Marcial, dont les deux mains avaient été sciées. Il avait été battu avec un objet lourd, sans doute pour éviter qu'il bouge lorsqu'on lui couperait les mains.

Avec beaucoup de difficulté, Catarina sortit le corps du meuble et le posa par terre avant d'essayer encore une fois de soulever la commode. Elle la redressa sur le côté afin de monter dessus pour atteindre le système d'arrosage. En équilibre sur la tranche, elle sortit le briquet de sa poche et l'alluma sous l'ampoule ; ainsi chauffée, celle-ci éclata, libérant des litres d'eau froide dans tout le box et déclenchant par là même le signal d'alarme chez les pompiers. Mais contrairement à ce qu'on lui avait dit, l'eau ne s'écoula pas hors de la pièce. Le vigile avait sûrement bloqué l'évacuation pour s'assurer que la jeune femme meure moyée.

Guillaume de son côté appela les amis de Catarina au commissariat pour leur signaler qu'elle était en grand danger. Et parce qu'ils avaient la mallette en leur possession, ils surent aussitôt que c'était très sérieux.

— J'envoie tout de suite des renforts, lança Paul ; surtout reste où tu es et dès que tu les verras, va à leur rencontre et indique leur où est Catarina. Moi-même, je pars te retrouver là-bas. As-tu prévenu Anthony ?

— Oui, il vient tout de suite avec son unité.

Paul tranquillisa Guillaume en lui disant que les secours étaient en route et qu'ils n'allaient plus tarder à arriver. Le temps qui s'égrenait lui sembla une véritable éternité. Jusqu'à ce qu'enfin, quinze minutes plus tard, il entende au loin la sirène des pompiers et celle de la police qui arrivait en même temps. Lorsqu'il les vit, il mit en route le moteur et alluma les phares de son taxi. Il enclencha une vitesse et appuya sur l'accélérateur pour arriver à la hauteur du camion des pompiers. Il descendit comme une flèche de son taxi et alla retrouver Anthony.

— Vite, Anthony ! Catarina est en danger, elle doit être enfermée dans le box 23 ! Un des hommes du centre de contrôle devait l'y conduire et elle n'est pas ressortie depuis que l'homme a quitté le centre de contrôle par la porte de derrière.

— Viens avec nous, Guillaume, et montre-nous l'homme qui a conduit Catarina à l'intérieur.

Les pompiers se ruèrent vers le centre de contrôle, une hache à la main.

— Tout va bien, leur dit-on, ce n'était pas nécessaire de venir, le système de sécurité a fonctionné et le feu est maîtrisé, il n'y a plus de chaleur dans la pièce.

— Ça, c'est à nous d'en juger ! dit Anthony d'une voix sèche. Quel box était en feu ?

— Écoutez, puisque je vous dis…

À cet instant, les policiers entrèrent à leur tour dans le centre de contrôle.

— Est-ce que Guillaume est ici ?

— Oui, je suis là ! Celui qui est assis derrière le moniteur numéro 3 est l'homme qui a enfermé Catarina dans le box 23. Faites vite, elle est en danger !

— Mais de quoi parlez-vous ? demanda le responsable.

Anthony alla chercher l'homme derrière son moniteur et, le prenant par la peau du cou, le sortit de son siège en lui ordonnant de les conduire jusqu'au box 23 au plus vite. Il poussa l'homme avec tellement de force et de rage que celui-ci tomba à terre de tout son poids, épouvanté et jurant par tous les saints qu'il n'avait rien fait.

— Ce n'est pas moi ! C'est Achille ! C'est lui qui l'a frappée et qui l'a enfermée dans le box.

À ces mots, le sang d'Anthony se mit à bouillir. Il releva l'homme qui était à terre par son col de chemise et lui dit, la mâchoire serrée :

— Si jamais il lui est arrivé malheur, tu es un homme mort : personne ici-bas ne m'empêchera de te tuer.

L'homme tremblait de tous ses membres et il savait que sa vie ne tenait plus qu'à un fil. Il montra le chemin du box 23, mais dit qu'il ne pouvait pas l'ouvrir car il n'avait pas les clefs.

— Vous l'avez ouvert tout à l'heure !

— Oui, parce qu'Achille avait la clef du box et moi je lui ai fourni la clef magnétique. Mais si on n'a pas les deux clefs, c'est impossible.

— Dans ce cas, nous forcerons cette porte.

— C'est une porte blindée !

— Ce n'est pas ça qui nous arrêtera.

Anthony alla chercher le vérin pneumatique dans le camion. Il le plaça sur la porte et mit le moteur en marche ;

immédiatement, il y eut une forte pression de chaque côté de la porte, ce qui fit sauter chaque point de sécurité. Dès qu'il n'y eut plus de résistance et que la porte commença légèrement à pivoter, de l'eau commença à filtrer tout autour du chambranle.

Pendant qu'Anthony et ses compagnons s'échinaient à ouvrir la porte blindée, l'eau froide montait de plus en plus dans le box, obligeant Catarina à nager pour ne pas avoir la tête sous l'eau. Mais la température de l'eau était si basse que le froid commençait à envahir tout son corps, et qu'il lui était de plus en plus pénible de se maintenir hors de l'eau. L'hypothermie commençait à la gagner, si bien qu'épuisée et gelée, elle finit par se laisser submerger ; elle expira son dernier souffle, ses poumons se remplirent d'eau froide et son cœur s'arrêta. C'est alors que la porte céda et qu'elle fut emportée hors du box, jusqu'aux pieds d'Anthony. Il se précipita sur elle pour voir si elle respirait toujours. Constatant qu'elle était froide et inanimée, il commença un massage cardiaque tout en lui insufflant de l'air dans les poumons, en attendant que ses compagnons apportent le défibrillateur ainsi qu'un brancard et des couvertures de survie. Il continua ses efforts de réanimation durant une bonne demi-heure, jusqu'à ce que ses compagnons lui disent d'arrêter.

— Elle est morte Anthony ! Tu ne peux plus rien pour elle, c'est trop tard.

— Non ! Elle est en hypothermie, elle peut revenir ! Je sais qu'elle peut revenir, c'est une battante, elle n'abandonnera pas aussi facilement ! Continuez à la réchauffer, vous m'entendez ?

Il hurla le nom de Guillaume, qui accourut.

— Que veux-tu que je fasse ?

— Enlève-lui les affaires qu'elle porte, et frictionne-la sur tout le corps de toutes tes forces pour faire circuler le sang dans ses membres, tandis que je continuerai à pratiquer la respiration artificielle.

Ils continuèrent ainsi durant une demi-heure, et tout à coup elle cracha l'eau qu'elle avait dans les poumons, à la stupéfaction de tous les pompiers qui la croyaient définitivement morte.

— Catarina ! Je suis là mon amour, ça va aller.

— Anthony... dit-elle en frissonnant.

—Oui mon cœur, je suis là, tout va bien se passer à présent. Je vais te conduire à l'hôpital pour qu'on fasse remonter ta température. D'ici peu, tu te sentiras mieux.

Se tournant vers Guillaume, Anthony le remercia avec une profonde émotion :

— Tu lui as sauvé la vie, mon ami.

— Non, Anthony, nous lui avons sauvé la vie.

Comme tous deux étaient épuisés, les autres pompiers prirent la relève et mirent Catarina dans leur véhicule pour la conduire aux urgences, suivis de près par Guillaume dans son taxi, tandis que les policiers restaient sur place pour fouiller le box numéro 23. Ils trouvèrent, bloqué sous la commode en bois, le corps sans vie de M. Marcial, amputé des deux mains comme l'avait annoncé Catarina quelques heures auparavant lorsqu'elle avait découvert les deux mains à l'intérieur d'une mallette.

Paul fit venir le médecin légiste pour faire enlever le corps. Il arriva une demi-heure plus tard et confirma l'heure de la mort.

— Je dirais qu'il est mort par exsanguination depuis deux jours. La mort a dû arriver très vite après qu'on lui a coupé les mains. J'en saurai plus à l'autopsie.

— Bien, je vous laisse emporter le corps, un de mes hommes restera en faction devant l'entrée du box tant que la Scientifique ne sera pas venue relever les empreintes et photographier la scène de crime.

Paul demanda au responsable du service de sécurité de passer au poste de police pour faire une déposition.

— Mais je n'étais au courant de rien !

— Vous passerez me voir à quatorze heures ! Voici l'adresse du commissariat où vous devrez vous rendre ; vous n'aurez qu'à me demander.

Paul et ses hommes fouillèrent le box de fond en comble après que la police scientifique a relevé toutes les empreintes.

Ils trouvèrent des meubles anciens, des tableaux et cent mille euros en espèces à l'intérieur d'un tableau en bois. Les billets étaient rangés dans un sac plastique parfaitement hermétique.

— Il n'y a rien d'autre ?

— Non.

—Vous enverrez les tableaux au laboratoire afin qu'on sache si ce sont des originaux ou des copies.

— Ce ne sera pas utile, Paul.

— Ah, et pourquoi ça ? Tu es devenu un expert en la matière ?

— Non, mais j'ai trouvé des papiers dans le secrétaire, qui sont des certificats d'authenticité.

— Ce qui veut dire qu'il y a ici une véritable petite fortune ?

— Il y en a pour des millions.

— Il faut vérifier s'ils n'ont pas été volés. Photographiez tous les tableaux et tous les objets et vérifiez sur la liste des objets volés qu'ils n'y figurent pas. Quant à moi, je vais à l'hôpital prendre des nouvelles de Catarina.

— Tu lui dis qu'on pense très fort à elle.

— Je lui dirai.

Chapitre 13
Séjour à l'hôpital

Paul monta dans sa voiture et prit le chemin de l'hôpital. Arrivé aux urgences, il alla voir l'infirmière de garde pour qu'elle le conduise auprès de Catarina.

— Actuellement, on essaie de la réchauffer et son fiancé est auprès d'elle ; quant à l'homme qui l'accompagnait, il est en salle d'attente. Je ne saurais que vous conseiller d'attendre à ses côtés, car actuellement cette jeune femme ne peut répondre à aucune question. Je ne sais pas quels sont vos liens avec elle, mais vous ne passerez pas cette porte ; est-ce assez clair ? Alors vous vous pliez à la consigne ou je demande à la sécurité de vous mettre dehors, tout policier que vous êtes.

Voyant qu'il ne servait à rien d'insister, Paul alla dans la salle d'attente rejoindre Guillaume, qui tout comme lui attendait impatiemment des nouvelles de Catarina.

— Paul ! Vous savez quelque chose ?

— Non, ils n'ont pas voulu me laisser l'approcher.

—Mais vous êtes policier ! Vous ne pouvez pas les y obliger ?

— Ils ont compris que ça n'avait rien à voir avec mon travail, et que c'était personnel. Anthony est auprès d'elle.

— Oui, ses collègues sont repartis, mais lui est resté.

— As-tu prévenu sa famille ?

— Non, je n'ai pas pu ; ils m'avaient demandé de prendre soin d'elle, de la protéger, et je ne l'ai pas fait.

— Oh là ! Je t'arrête tout de suite, Guillaume. Si tu ne nous avais pas appelés à l'aide, elle serait morte à l'heure qu'il est.

— Mais j'aurais dû être avec elle ! Peut-être que rien de tout cela ne serait arrivé.

— Avec des « peut-être », on peut refaire le monde ! Mais elle n'aurait eu aucune réponse, et nous n'aurions pas découvert le cadavre de Marcial. Écoute Guillaume, va voir sa famille et raconte-lui ce qui est arrivé à Catarina. Pendant ce temps je reste ici et si j'apprends quelque chose, je te préviens aussitôt, d'accord ?

Rassuré, Guillaume s'en alla voir la tante et l'oncle de Catarina.

Comme le restaurant était fermé depuis plusieurs heures, il composa le code d'entrée de l'immeuble et monta jusqu'à leur appartement. Il sonna à la porte, jusqu'à ce qu'on vienne lui ouvrir.

— Guillaume ! Mais qu'est-ce qui se passe ? Où est Catarina ? Je croyais que vous étiez ensemble sur une affaire ?

— C'est le cas, Gina, mais il faut que je vous parle.

— Il est arrivé quelque chose à ma nièce ?

— Elle est actuellement à l'hôpital avec Anthony. Asseyons-nous quelques instants et je vous raconterai tout ce qui s'est passé.

L'angoisse qu'éprouvaient Gina et son mari était palpable, malgré tout ils s'assirent dans le salon et laissèrent Guillaume parler sans l'interrompre.

— Voilà, vous savez tout. Je suis désolé, je sais que j'aurais dû rester auprès d'elle...

— Chut, Guillaume, dit Gina en lui caressant la joue. Tu as fait ce qu'il fallait, tu n'as rien à te reprocher.

— Mais si seulement j'avais...

— Non, Guillaume, tu ne pourras pas toujours être là pour la protéger comme tu l'as fait ce soir. Elle a choisi un métier dangereux, et si elle veut mener à bien son enquête, ni toi ni moi ne pourrons l'écarter de son but ; c'est pourquoi nous devrons l'aider du mieux que nous pourrons. Pour l'instant ce qu'il faut, c'est que nous soyons auprès d'elle. Nous allons nous habiller et tu nous conduiras à l'hôpital. En attendant prends un peu de café et du gâteau dans la cuisine.

— Merci, Gina, j'avais tellement peur que vous m'en vouliez...

— Pour avoir agi comme il le fallait ? Sûrement pas. Allez, va dans la cuisine et sers-toi ; dans moins de dix minutes, nous serons prêts à partir.

Un quart d'heure plus tard, Gina et son mari montaient dans le taxi de Guillaume.

Aux urgences, Gina demanda à l'infirmière de garde de l'emmener près de sa nièce et devant son refus, elle fit un tel esclandre que le médecin de garde sortit prêter main-forte à l'infirmière. Le service de sécurité fut appelé pour ramener le calme, mais devant le caractère bien trempé de Gina ils ne purent rien faire. Aussi, pour éviter une émeute, le médecin l'autorisa à voir sa nièce cinq minutes, tout en lui disant qu'ensuite elle devrait retourner dans la salle d'attente et que si elle ne se calmait pas, on appellerait la police pour la faire emmener.

— Je ne veux que la voir, même si ce n'est que cinq minutes ; c'est suffisant pour que je sois rassurée sur son état.

— D'accord ; dans ce cas, suivez-moi.

Conduite auprès de Catarina et la voyant en vie quoique grelottante, Gina se calma, d'autant qu'elle vit Anthony à ses côtés. Il lui dit :

— Elle a un traumatisme crânien, sa température est encore basse, mais petit à petit elle remonte ; on ne peut pas la réchauffer trop vite car son corps ne le supporterait pas. Elle va bien ; elle ne pourra pas courir le marathon pour l'instant, mais dans quelques jours tout rentrera dans l'ordre. Ne vous en faites pas, je reste près d'elle ; dans quelques heures, lorsque sa température sera redevenue normale, on la montera dans une chambre et vous pourrez rester à ses côtés.

— Les cinq minutes sont écoulées, vous devez retourner dans la salle d'attente, intervint le médecin.

— D'accord, je vous suis mais avant, laissez-moi l'embrasser.

— Allez-y.

Gina s'approcha de sa nièce et l'embrassa sur le front avant de lui dire que son oncle, Guillaume et Paul étaient à côté à attendre de ses nouvelles. Le contact du front glacial de Catarina lui serra le cœur et pour ne pas montrer son angoisse, elle sortit rapidement. Tandis qu'elle regagnait la salle d'attente, elle dit au médecin :

— Elle est si froide !

— Son corps était en hypothermie, c'est grâce à cela que son fiancé a réussi à la ranimer et qu'il n'y a pas eu de séquelles au cerveau.

— Je vous en prie, docteur, sauvez-la !

— C'est ce que nous nous efforçons de faire, mais pour cela il faut que nous soyons concentrés sans avoir un membre de sa famille complètement hystérique à gérer. Car le temps qu'on passe à vous calmer est du temps que nous ne passons pas auprès d'elle.

— J'ai compris ; s'il vous plaît, donnez-moi au moins de ses nouvelles toutes les heures.

— Si vous vous engagez à rester tranquille dans la salle d'attente sans faire d'esclandre, je vous le promets.

— Vous avez ma parole.

Dans la salle d'attente, Gina rassura tout le monde sur l'état de santé de Catarina.

Comme convenu, le médecin de garde vint leur donner régulièrement des nouvelles de la jeune femme. Lorsqu'elle atteignit 36°9 de température, il donna l'ordre qu'on la monte dans une chambre au service de médecine générale.

Anthony quitta la salle des urgences pour aller retrouver Gina et les autres et leur donner un état de la situation.

Vous ne pourrez lui rendre visite qu'à partir de treize heures. Alors rentrez chez vous, car vous ne ferez rien de plus ici. Je vais retourner à la caserne, je passerai plus tard pour la voir.

— Anthony ! dit Gina. Guillaume m'a dit comment tu as sauvé la vie de ma nièce, et je voulais te remercier.

— Gina, j'aime Catarina de tout mon cœur et de toute mon âme, et si je l'avais perdue, jamais je n'aurais pu me le pardonner. Si Guillaume ne m'avait pas aidé, je n'aurais pas réussi à la sauver.

—Oh ! Je sais combien je vous dois à tous les deux, sachez que jamais je n'oublierai.

Sur ce, elle les embrassa en les serrant dans ses bras. Se tournant vers son mari, elle lui dit qu'il était temps de partir et Guillaume les ramena à la maison. Au moment de descendre du taxi, elle sortit de l'argent pour lui payer les deux courses qu'il avait faites.

— Non, Gina ! Je ne veux pas de ton argent !

— Écoute, Guillaume, tu gagnes ta vie comme chauffeur de taxi, et il ne faut pas que ta nuit ne te rapporte rien. Alors soit tu prends mon argent, soit je me fâche, et tu sais qu'il vaut mieux éviter de me mettre en colère ; tu en as eu un léger aperçu à l'hôpital.

Son mari prit alors la parole avec chaleur :

— Guillaume, on t'aime comme un membre de la famille et on veut ce qu'il y a de mieux pour toi. En l'occurrence, c'est ce travail. Tu dois le conserver ; aussi tu prendras l'argent que Gina veut te donner. Cette somme couvrira la course de Catarina et les nôtres.

— Quoi ! Mais c'est hors de question !

— Catarina ne t'a appelé que parce que tu comptes pour elle ; si tu avais refusé de laisser marcher le compteur, elle n'aurait jamais accepté que tu la conduises là-bas ce soir.

— Le compteur ? Oh, mon Dieu ! J'ai complètement oublié de l'arrêter, avec tout ce remue-ménage. Je suis vraiment désolé, ce n'était pas dans mes intentions.

— Je le sais, mon garçon, c'est pourquoi tu vas prendre l'argent, avec le sourire ; sans quoi plus jamais nous ne ferons appel à toi, même en cas d'urgence.

— Vous ne pouvez pas faire ça ! s'écria-t-il, bouleversé.

— Dans ce cas, prends l'argent.

Guillaume prit l'argent à contrecœur en les remerciant, et leur dit qu'il viendrait les chercher plus tard pour aller voir Catarina. Avant de descendre de la voiture, Gina l'embrassa sur le front et lui souhaita une bonne nuit, pour ce qu'il lui restait de repos.

— Si tu veux te reposer à la maison, tu sais que tu es toujours le bienvenu.

— Je le sais, Gina, et je t'en remercie, mais je vais me changer car avec tout ce qui s'est passé, je n'ai qu'une envie : changer de vêtements.

— D'accord ; à tout à l'heure dans ce cas, et repose-toi, Guillaume.

Dans l'appartement, Gina trouva un message sur le répondeur ; il s'agissait d'une certaine Évelyne, technicienne au laboratoire de la police, qui essayait de joindre Catarina sur son portable, sans succès. Elle avait des informations importantes et surprenantes sur leur affaire. Elle demandait que Catarina la rappelle au plus vite.

— Tu crois qu'il faut lui en parler ? demanda Gina à son mari.

— Gina, tu sais que cette affaire lui tient à cœur. Et tu sais aussi qu'elle ne sera pas tranquille tant qu'elle ne l'aura pas résolue.

— Je sais tout ça ; mais elle a failli perdre la vie.

— Oui, mais maintenant elle ne pourra plus faire un pas toute seule, car ses amis seront là pour la protéger.

— Comme ils l'ont fait hier soir ?

— Oui, comme ils l'ont fait hier soir, car s'ils n'étaient pas intervenus, nous l'aurions perdue à jamais.

— Je sais que tu as raison, mais c'est si dur de la voir risquer sa vie. J'ai tellement peur qu'un officier de police vienne un jour nous annoncer qu'ils ont trouvé le corps sans vie de ma petite Catarina.

— Ça n'arrivera pas ! Elle est bien trop futée pour se laisser avoir aussi facilement.

— Allez, on doit se reposer un peu, car dans quelques heures nous devons ouvrir. Et lorsque nos clients auront déjeuné, nous irons la voir.

Après quelques heures de sommeil, Gina et son mari ouvrirent le restaurant et préparèrent le déjeuner. Ils n'avaient pas vraiment la tête à ce qu'ils faisaient et leurs habitués s'en rendirent tout de suite compte ; aussi demandèrent-ils ce qui n'allait pas. Gina raconta alors que Catarina était à l'hôpital, et qu'ils l'auraient perdue la veille au soir sans l'intervention de Guillaume et d'Anthony. Comprenant parfaitement leur angoisse, les clients ne s'attardèrent pas et souhaitèrent un prompt rétablissement à la jeune Catarina. Gina et son mari purent ainsi fermer plus tôt. Guillaume les emmena à l'hôpital et ils retrouvèrent Anthony dans la chambre de Catarina. Ses supérieurs lui avaient donné quelques heures de liberté afin qu'il soit rassuré sur l'état de santé de sa fiancée.

— Anthony ! Comment va Catarina ?

— Elle va bien ; mais comme tout son organisme a été chamboulé, on va la garder en observation ; s'il n'y a pas de problème, elle sortira demain. Pour le moment, elle est plutôt fatiguée, et vient tout juste de s'endormir ; je vous laisse avec elle car je dois retourner à la caserne.

Après le départ d'Anthony, ils s'installèrent au chevet de leur nièce jusqu'à ce qu'elle se réveille.

— Catarina, mon cœur, tu sais que tu nous as fait peur !

— Ce n'était pas dans mes intentions, tante Gina, mais…

Ne pouvant plus articuler, elle se mit à pleurer.

— Ça va aller, mon cœur, tu vas bien et tu as les meilleurs anges gardiens que l'on puisse souhaiter sur cette terre.

Le mari de Gina ne disait rien, il savait que Gina prenait sur elle pour réconforter sa nièce alors qu'elle-même avait eu si peur de la perdre.

Trouvant les mots justes, Gina réussit à calmer sa nièce qui parvint à leur dire qu'elle avait craint de ne plus jamais les voir, et qu'elle avait eu si froid.

— Je le sais, mon cœur ; mais maintenant c'est du passé et tu dois penser à l'avenir.

Chapitre 14
La revanche de Catarina

— Demain, quand je sortirai d'ici et si je me sens assez forte pour aller de l'avant, j'ai bien l'intention de retrouver l'homme qui m'a envoyée à l'hôpital ; je peux vous garantir que je lui ferai payer très cher ce qu'il m'a fait.

— Ah ! C'est bien je retrouve bien là ma nièce ! s'exclama avec bonheur son oncle.

— Tu es sûre de vouloir le retrouver, Catarina ? demanda sa tante.

— Oh oui, tante Gina ! Et je peux te dire que c'est ce but et cette rage que j'ai au fond des tripes qui vont me remettre sur les rails.

— Soit. Si c'est vraiment ce que tu souhaites, alors il faut que je te dise que tu as reçu un message à la maison, d'une certaine Évelyne, technicienne au laboratoire de la police. Elle voulait te parler au plus vite, c'était important d'après ce qu'elle disait. Elle avait essayé de t'appeler sur ton portable, sans réussir à te joindre.

—C'est normal, il n'y avait pas de réseau dans le box. De toute façon, mon téléphone a rendu l'âme dès que je me suis retrouvée dans l'eau.

— Je te prendrai un nouveau téléphone ; tu l'auras dès demain.

— Merci.

— Et maintenant, ton oncle et moi retournons au restaurant.

— Oui, vous pouvez y aller. Je vais bien maintenant. Pourquoi ne pas appeler Guillaume pour qu'il vous ramène ?

— Parce qu'il a beaucoup de travail et qu'on ne va pas le déranger pour ça ; de plus, il doit être fatigué, il n'a pas beaucoup dormi cette nuit.

À cet instant, Guillaume franchit la porte ; reprenant les termes de Catarina, il lança.

— En effet, pourquoi ne pas demander à Guillaume de vous ramener à la maison ?

Gina se retourna.

— Guillaume !

— Eh oui, c'est moi ; j'étais juste passé faire un petit coucou à Catarina, surtout pour m'assurer qu'elle allait bien.

— Elle va très bien, grâce à toi.

— Guillaume !

— Oui, Catarina ?

— Merci.

— Je t'en prie.

— Est-ce que tu sais ce qui est arrivé à l'homme du Service Entrepôt ?

— Il a été arrêté pour meurtre et pour tentative de meurtre sur ta personne.

— Est-ce qu'il a dit où était son complice ?

— Pas que je sache ; mais Paul m'a chargé de te dire que tu lui es redevable de deux tartes au citron meringuées, et qu'il n'a pas l'intention de transiger.

— Tu pourras lui dire qu'il aura ses tartes dès que je sortirai d'ici. C'est même la première chose que je ferai, ensuite j'irai les lui porter ; comme ça, je pourrai voir où il en est de mon affaire. Il faut aussi que j'aille voir la technicienne du laboratoire de la police.

— Tu as l'intention de faire tout ça le jour de ta sortie ? demanda Guillaume inquiet.

— Seulement si elle se sent d'attaque et si elle a le feu vert du médecin, bien sûr, tempéra Gina. Si jamais elle doit se déplacer, nous ferons appel à toi, Guillaume ; comme ça, je suis certaine qu'elle n'exagérera pas.

— Tante Gina !

— Eh bien quoi ? Il faut bien que Guillaume gagne sa vie, n'est-ce pas ?

— Toujours des arguments percutants ! Tu sais que je ne pourrai les contester, et que je me plierai à tes décisions.

— Allez, on te laisse cette fois-ci ; le restaurant n'ouvrira pas à l'heure si je n'ai pas eu le temps de préparer les repas.

Guillaume embrassa Catarina sur le front avant d'emboîter le pas à Gina et à son mari.

Une fois seule, Catarina se dit qu'elle avait beaucoup de chance d'avoir une famille qui l'aime et des amis prêts à tout pour elle. Sur ces belles pensées, elle se rendormit, espérant de tout cœur être en pleine forme pour sortir de l'hôpital dès le lendemain.

Durant la nuit, elle eut la visite d'Anthony. Il avait profité de sa venue aux urgences avec son équipe pour s'éclipser quelques instants et aller voir sa fiancée.

— Bonjour, mon cœur ! dit-il doucement à son oreille.

— Anthony ? Mais quelle heure est-il ?

— Onze heures.

— Et ils t'ont laissé entrer ?

— Disons que l'uniforme donne certains privilèges, surtout le fait d'être un habitué des lieux. Ils savent que tu es ma fiancée et comme on se connaît depuis toujours, ils m'ont accordé de pouvoir te voir quelques instants.

— Si tout va bien, je sors demain dans la journée.

— Bien. Peut-être que je pourrai te voir avant ta sortie ; sinon, je t'appellerai.

— Si je me sens assez forte, j'irai voir Paul pour savoir où ils en sont avec mon enquête. Mais avant que tu commences à t'inquiéter, sache que Guillaume viendra avec moi.

Cette précision le rassura car il savait qu'avec la peur qu'il avait eue de perdre son amie, Guillaume ne la lâcherait pas d'une semelle.

— Tiens-moi au courant au moins.

— Je le ferai, c'est promis.

Il l'embrassa avant de partir et de la laisser se rendormir. Rassuré sur son compte, il alla retrouver ses collègues qui l'attendaient aux urgences.

— Alors ? Comment va-t-elle ? demanda l'un d'eux.

Elle va bien et est déterminée à continuer son enquête.

— Sacrée fille que tu as choisie là, Anthony ! Franchement je n'aimerais pas me trouver à la place de l'homme qui lui a fait ça.

— Nous non plus ! renchérirent les autres.

— Quoi qu'il en soit, nous sommes très heureux qu'elle aille mieux, après la peur bleue qu'elle nous a faite. Allez, on rentre fêter ça !

— Pas d'alcool pendant le service les gars, vous avez oublié ?

— Qui parle d'alcool, alors que tu peux nous faire un bon chocolat chaud, super épais, où la cuillère reste debout dans la tasse.

— D'accord, d'accord, vous l'aurez, votre chocolat chaud !

— Youpi ! Allez, en route pour la caserne !

Le lendemain matin, Catarina sortit de l'hôpital sans avoir revu Anthony. Sa nuit à l'hôpital l'avait requinquée. Et quoiqu'encore un peu fatiguée, elle se sentait prête à poursuivre l'enquête. De retour au restaurant, elle fit les deux tartes au citron meringuées qu'elle avait promises à Paul. Lorsqu'elles furent prêtes, elle alla prendre une douche et se changer avant de se rendre au commissariat. Comme convenu,

Guillaume l'y emmena. Et comme l'avait prévu Anthony, il ne la quitta pas d'une semelle malgré ses protestations.

— Paul, voici les deux tartes au citron meringuées que je t'avais promises.

— Catarina ! Mais qu'est-ce que tu fais ici ! C'est beaucoup trop tôt ! Tu dois te reposer.

— Je me suis déjà reposée plus que nécessaire. Je veux retrouver l'ordure qui a voulu me faire disparaître de cette terre. Je peux te garantir que je réussirai.

— Sur ce point, je te fais confiance. Mais songe qu'il est dangereux et qu'il n'a pas hésité à tuer un homme en le torturant. Il lui a coupé les mains alors qu'il était toujours en vie quand même !

— Ne t'en fais pas, je ne me laisserai pas surprendre une deuxième fois. Alors qu'est-ce que tu as appris avec l'homme de la sécurité ?

— Il prétend qu'il n'a rien à voir avec le meurtre de ton client, et qu'il ignorait ce que son ami voulait te faire. Il aurait soi-disant agi sous la menace. Peut-être que si tu lui parles, tu en apprendras plus.

— D'accord ; mène-moi jusqu'à lui et je me ferai un plaisir de l'interroger.

Puis, se tournant vers Guillaume, elle dit d'un ton sans réplique :

— Quant à toi, Guillaume tu pourras assister à l'entretien, mais seulement derrière le miroir sans tain ; c'est à prendre ou à laisser.

Guillaume eut beau lui faire les gros yeux pendant qu'elle lui parlait, cela ne servit à rien et il dut se plier à ses exigences. Paul la conduisit en salle d'interrogatoire et fit chercher Serge Le Blanc dans sa cellule. On l'assit sur une chaise, menotté à la table. Se voyant face à Catarina, il devint livide et se mit à bégayer :

— Je ne voulais pas vous faire de mal, je vous le jure !

— C'est la raison pour laquelle vous avez averti votre ami de ma venue ?

— Je pensais que comme ça je serais libre à nouveau. Mais je ne savais pas qu'il voulait vous tuer ! Si je n'étais pas intervenu sitôt après qu'il vous a assommée, vous seriez morte à l'heure qu'il est.

— Parce que vous croyez sincèrement que c'est à vous que je dois la vie !

— Pas complètement, mais en partie du moins.

— Comment avez-vous contacté Achille Perlet ? demanda-t-elle sèchement. Et n'essayez pas de me mentir ou de me baratiner, je le saurai immédiatement.

— Si je vous le dis, il me le fera payer.

— Et si vous ne me le dites pas, c'est moi qui vous le ferai payer. Je ne risque pas d'être condamnée après ce que vous m'avez fait si jamais je vous étrangle sur place.

Elle l'avait regardé dans les yeux, avec une expression et une voix si déterminées qu'il ne douta pas un instant qu'elle mette sa menace à exécution. Apeuré, il commença à tirer sur les menottes pour essayer de se libérer ; il se mit même à hurler qu'il voulait sortir et retourner dans sa cellule. Catarina s'assit sur la table et lui plaça la main sur la bouche avant de lui murmurer à l'oreille quelques mots qui le firent pâlir. Elle lui dit alors :

— J'enlève ma main ; vous allez arrêter de crier et vous allez me donner tous les renseignements que je vous demande ; sans quoi je mettrai à exécution ce que je vous ai dit. Comme vous pouvez le remarquer, personne n'est venu vous aider alors que vous criiez, ce qui veut dire qu'il n'y a que vous et moi ici. Alors maintenant vous allez me dire quel numéro de téléphone vous avez fait pour joindre Achille Perlet !

— Le numéro est inscrit dans mon téléphone portable. C'est le seul appel que j'ai passé le soir où vous êtes venue me voir au poste de sécurité.

— Pour quelle raison Achille Perlet a tué M. Marcial ?

Je l'ignore ; je sais juste qu'il avait un compte à régler avec lui et qu'il pensait être assez riche pour partir et recommencer une nouvelle vie à l'étranger.

— Soit, je vous crois ; disons que pour l'instant je vous laisse tranquille, mais si j'ai d'autres questions, je reviendrai vous voir et j'espère pour vous que vous coopérerez sans restriction ; sans quoi, vous savez ce qui vous attend.

En la voyant partir, il fut soulagé car il savait qu'elle ne plaisantait pas, surtout après ce qui lui était arrivé.

Catarina alla rejoindre Paul et Guillaume derrière le miroir sans tain.

— Alors, Paul ? Te crois-tu capable de trouver l'endroit où se cache cet Achille Perlet à présent ?

— Si son téléphone est allumé, ça ne devrait pas poser de problème.

— Dans ce cas, qu'est-ce qu'on attend pour consulter le téléphone de Le Blanc et y relever le numéro qu'il a fait ce soir-là ?

— J'y vais.

— Parfait ; nous te suivons.

Paul alla chercher dans les affaires du prisonnier le téléphone portable qui lui avait été confisqué. Il regarda l'agenda téléphonique et releva le numéro qui les intéressait.

— Est-ce qu'il est toujours actif ?

—On saura ça dans quelques instants.

Paul donna le numéro à son collègue qui, grâce à l'ordinateur, identifia l'endroit exact où se trouvait le téléphone correspondant.

— Paul, est-ce que tu as appris quelque chose sur le Russe et le collectionneur ?

Paul ne savait pas s'il devait en parler, et la seconde d'hésitation qu'il mit à répondre fit comprendre à Catarina qu'il avait découvert quelque chose.

— Si tu as quelque chose à me dire, Paul, vas-y.

— Arkadiy Ramanov et ses hommes sont sous la surveillance de la police des frontières.

— Pour quelle raison ?

— On les soupçonne de faire partie d'une bande de malfaiteurs ayant attaqué plusieurs bijouteries à Rio. Leur signalement a été donné par Interpol.

— Mais s'ils étaient ici au moment des faits, vous ne pouvez pas leur mettre sur le dos ces vols de bijoux.

— En fait ils ne sont pas les voleurs, mais les revendeurs des diamants volés.

— On sait comment les diamants volés arrivent jusqu'à eux ?

— Non, toujours pas. Mais une chose est sûre, cette bande organisée a des complices au sein même de la mine *Minas Gerais*. Car chaque fois que les diamants extraits de cette mine arrivent sous bonne escorte aux différents joailliers qui les ont achetés, ces derniers sont attaqués le jour même.

— La police n'a rien pu faire pour les arrêter ?

— Disons qu'elle compte bien remonter la piste avec la prise qu'elle a faite.

— Qu'est-ce que tu veux dire ?

— Qu'elle a arrêté l'un des voleurs et que les autres ne vont pas tarder à suivre. Actuellement, la marchandise n'est plus au Brésil mais en France, et le complice, pour une raison qu'on ignore, n'a toujours pas reçu les diamants.

— Je crois que je sais pourquoi.

— Comment ça ? Tu sais où sont les diamants ?

— Je crois que oui, mais pour m'en assurer je vais avoir besoin d'aide. Non pas que j'aie peur de quoi que ce soit, c'est juste que je ne suis pas vraiment au mieux de ma forme pour y aller seule.

— Je t'accompagnerai avec plusieurs de mes hommes, dès que nous aurons appréhendé Achille Perlet et...

— Excuse-moi de t'interrompre, Paul, mais j'ai localisé l'endroit où se trouve le suspect. Il est actuellement à l'hôtel Empire, dans le 16ème.

— Et je sais pourquoi : il est avec sa complice Martine Corvisart, alias la comtesse Polyana, condamnée naguère pour vol, usage de faux et recel d'œuvres d'art. Si vous vous y rendez tout de suite, vous pourrez peut-être les arrêter avant qu'ils s'enfuient !

— C'est exactement ce que je vais faire ; quant à toi...

— Oui, je sais, Paul : je n'irai pas avec toi ; de toute façon, j'ai à faire.

— Ah oui ?

— Oui, je dois aller voir Évelyne, la technicienne du laboratoire ; elle devait tester au carbone 14 un tableau que j'ai trouvé dans l'atelier du défunt. Elle a essayé à plusieurs reprises de me joindre durant mon absence ; je suppose que son travail est terminé et qu'elle veut me faire un compte rendu. Paul, dès que vous aurez appréhendé l'assassin de mon client et sa complice, vous pourrez me prévenir et me dire ce que vous en aurez tiré ?

— D'accord. Dès que j'aurai appris quelque chose, je t'en ferai part.

— Très bien ; dans ce cas, je vais retrouver Évelyne.

Paul la regarda partir, soulagé de ne pas l'avoir dans les jambes durant l'intervention. Son amitié pour elle lui faisait craindre qu'elle ne mette sa vie en danger encore une fois.

Guillaume conduisit son amie au quai des Orfèvres et l'accompagna jusqu'au bureau d'Évelyne, qui fut très contente de la revoir.

— J'ai bien cru que le numéro que vous m'aviez donné n'était pas valable !

— Mon téléphone a été noyé dans des litres d'eau ; c'est la raison pour laquelle je n'ai pas reçu votre appel.

— Ce qu'elle oublie de vous dire, intervint Guillaume, c'est qu'elle a failli perdre la vie et qu'elle vient tout juste de sortir de l'hôpital !

— Que me dites-vous là ?

— Guillaume ! protesta Catarina.

— Permettez que je me présente. Je m'appelle Guillaume Delamarque, je suis chauffeur de taxi, garde du corps aujourd'hui et ami de la famille de Catarina.

— Enchantée de faire votre connaissance. Peut-être pourriez-vous m'expliquer ?

— Tout à fait. Voici ce qui s'est passé.

Il fit un rapide compte rendu des événements, sans se soucier le moins du monde des objections de Catarina. Le récit terminé, Évelyne prit la parole.

—Je comprends pourquoi cet homme a agi de la sorte !

— Comment cela ? demanda Catarina.

— Voyez-vous, le tableau que vous m'avez apporté pour analyse n'est pas une copie, mais l'original. C'est le vrai tableau de Cranach, et je l'ai remarqué lorsque j'ai commencé à l'analyser ; il avait une marque et un numéro de série. J'ai quand même fait le test, qui a confirmé mon impression.

— Mais alors, si vous avez le vrai tableau des *Trois Grâces*, celui qui est au musée est un faux !

— A priori oui, mais je n'en serai certaine que lorsque j'aurai terminé l'analyse, d'ici quelques heures. Je dois bien vous l'avouer, ça n'a pas été facile de faire admettre au conservateur que son tableau était sans doute un faux. Il a même fallu un papier officiel pour qu'il accepte de nous le faire parvenir, et bien sûr sous bonne escorte.

— Mais alors ça veut dire que tous les tableaux que j'ai trouvés dans l'atelier du défunt sont des originaux ! En découvrant les intentions de l'antiquaire, Achille Perlet s'est retourné contre lui et a essayé en vain de lui faire avouer où étaient cachés les tableaux. Connaissant l'existence du box, Perlet a sans doute cru qu'ils y étaient, mais en découvrant qu'il n'en était rien, il s'est vengé en coupant les mains de M. Marcial : c'est le châtiment réservé aux voleurs dans les sociétés archaïques. Quoi qu'il en soit, Achille Perlet doit recevoir une grosse somme d'argent, de quoi recommencer une nouvelle vie à l'étranger

— Qui doit lui donner cette somme ?

— Je n'en sais rien encore, peut-être en apprendrons-nous plus tout à l'heure, si la police réussit à appréhender cet homme. Vous disiez qu'on allait vous apporter *Les Trois Grâces* ?

— Oui, d'ici une heure tout au plus.

— Vous serait-il possible de prévenir le conservateur que je vais aller le voir, afin qu'on tâche de découvrir ensemble qui a bien pu échanger les tableaux ?

— Je peux le faire, mais à mon avis il refusera de m'écouter tant que je n'aurai pas expertisé son tableau.

— Dans ce cas, j'attendrai que vous l'ayez fait ; ensuite j'irai le voir.

— D'accord. Voici le numéro du laboratoire. Étant donné que vous n'avez plus de téléphone.

— Si, j'en ai un nouveau depuis ce matin et j'ai gardé le même numéro, ce qui fait que vous pourrez me joindre à tout moment.

Chapitre 15
Les tableaux volés

Catarina et Guillaume quittèrent le laboratoire de la police et allèrent s'asseoir à la terrasse d'un café.

—Alors, Catarina, qu'as-tu l'intention de faire à présent ?

— J'aurais bien été faire un tour au Louvre et poser quelques questions.

— Ne crois-tu pas qu'il serait préférable d'attendre qu'Évelyne ait expertisé à fond le tableau du musée, avant de te mettre à jouer la détective privée ?

— Ce n'est pas un jeu, Guillaume, mais une affaire on ne peut plus sérieuse ! Qui a déjà coûté la vie à un homme.

— Je le sais ; seulement parfois, il serait plus judicieux de faire les choses dans les formes.

— Oui, mais…

Au même moment le portable de Catarina se mit à sonner. Elle le sortit de sa poche pour répondre.

— Excuse-moi, Guillaume, j'en ai pour deux secondes.

— Je t'en prie.

— Allo !

— Vous êtes bien Maty H ?

— Oui. Vous êtes ?

— M. Huron, le banquier de M. Marcial.

— Ah, oui ! Bonjour, monsieur. Avez-vous trouvé une concordance entre les visites de M. Marcial à son coffre et ses retours de voyage ?

— Oui, madame. M. Marcial passait effectivement à la banque à chaque retour de voyage.

— Et pouvez-vous me dire dans quel pays il a voyagé ces derniers temps ?

— Il est allé en Russie, au Brésil et au Maroc. Et chaque fois il est passé à la banque à son retour.

— Vous en êtes certain ?

— Oui, madame ; il m'a suffi de vérifier ses dépenses à l'étranger et ici pour savoir très exactement quand il était de retour. Je peux donc vous dire avec certitude qu'il est toujours passé à la banque pour voir son coffre.

— Je vous remercie de m'avoir rappelée pour me donner toutes ces informations.

— Je vous en prie, madame. Si vous avez besoin de plus de renseignements, je reste à votre disposition. J'espère seulement que ça vous permettra de retrouver M. Marcial le plus rapidement possible.

Le banquier n'avait visiblement pas encore appris la mort de son client ; Catarina préféra ne rien lui dire pour éviter d'interférer dans l'enquête de la police.

— C'est très aimable de votre part ; je ne manquerai pas de faire appel à vous au besoin.

Après l'avoir remercié à nouveau, elle raccrocha et se tourna vers Guillaume :

— Je disais donc que tu avais raison, et que j'allais juste jouer les touristes.

— Donc, si je comprends bien, nous allons au musée du Louvre ?

— Tu n'es pas obligé de m'accompagner, tu peux retourner travailler.

— Non merci ! Tu sais que le conservateur refusera probablement de te recevoir ?

— Pour le moment je n'ai pas l'intention d'aller le voir.

— Oh ! Alors qu'as-tu donc l'intention de faire ?

— Visiter le musée et voir de plus près le tableau *Les Trois Grâces*.

— Mais tu sais que l'original n'y est plus.

— Oui mais les gardiens eux, y sont toujours.

La trouvant très énigmatique, Guillaume ne lui posa plus de questions et la conduisit au Louvre. Il la déposa devant le musée et alla chercher une place pour se garer.

Pendant ce temps, Catarina avait pris deux entrées et l'attendait patiemment à l'entrée tout en discutant avec un des employés de la sécurité. Elle apprit ainsi qu'il y avait toujours des gardes en patrouille la nuit dans le musée, et que tous les systèmes d'alarme étaient activés ; en gros, le musée était une véritable forteresse.

Il existait des détecteurs de chaleur et de mouvement pour les tableaux les plus précieux dont la valeur était inestimable, comme *Les Trois Grâces* de Lucas Cranach l'Ancien.

Guillaume arriva enfin et l'accompagna jusqu'à la salle où devait se trouver le tableau ; mais il n'y était pas. Catarina interrogea le gardien, qui lui apprit qu'il était parti en restauration.

— Oh ! Il était donc abîmé ?

— Non, pas du tout !

— Alors je ne comprends pas.

— Officiellement, il est en restauration ; mais officieusement, on a dû le présenter à des gens importants.

— Comment ça ? Vous voulez dire qu'on peut toucher ce tableau si on y met le prix ?

— Je ne vous ai jamais dit une telle chose !

— Certes, mais officieusement c'est ce qui se passe. Et le tableau peut rester absent plusieurs jours ?

— Parfois.

— Donc vous voyez les grands de ce monde défiler dans votre musée. La dernière fois que vous avez vu quelqu'un d'important, de qui s'agissait-il ?

— C'était la comtesse Polyana, une invitée de marque ; elle venait tout droit de Russie. Elle est d'une beauté à couper le souffle.

— J'aurais bien aimé être à votre place.

— Par moments je reconnais que c'est plaisant de travailler ici, car on côtoie des gens de toutes origines ; ce qui l'est moins, ce sont les touristes qui n'ont aucun respect pour les œuvres d'art.

Quand je vois combien le sol du musée brille, j'en suis un peu jalouse ; je suis bien incapable d'en faire autant chez moi. Si j'osais, je demanderais bien conseil à la personne qui cire vos parquets.

— Je crains que ça ne soit pas possible.

— Pourquoi ? Elle garde précieusement son secret ?

— Non, pas du tout ; en fait, c'est une entreprise privée qui se charge du nettoyage.

—Je vois. Et vous connaissez son nom ?

— C'est l'entreprise « Parquet brillant et nettoyage ».

— Vous savez où elle se trouve ?

— Non, mais peut-être que le conservateur pourrait vous renseigner.

— Je doute qu'il accepte d'être dérangé juste pour répondre à ma demande. Non, le mieux serait que je cherche moi-même l'adresse sur Internet. Merci pour votre gentillesse.

— Je vous en prie, mademoiselle, c'était un plaisir.

Catarina alla rejoindre Guillaume qui l'attendait patiemment dans une autre aile du musée pour ne pas attirer l'attention sur lui.

— Guillaume, on peut partir à présent ; je crois que je commence à y voir un peu plus clair dans notre affaire.

Sans perdre de temps, ils retournèrent au taxi.

— As-tu déjà entendu parler d'une entreprise appelée « Parquet brillant et nettoyage » ?

— Non. Qu'est-ce que cela a à voir avec notre affaire ?

— Je crois bien qu'elle y est impliquée ; si jamais j'ai raison, on saura bientôt qui est vraiment derrière tout ça. Pour m'assurer du bien-fondé de mes intuitions, j'ai besoin d'aller chercher des documents dans mon bureau.

—Quel genre de documents ?

— La photo d'Achille Perlet et celle de Martine Corvisart, la soi-disant comtesse Polyana. Nous devons trouver l'adresse de cette entreprise de nettoyage et nous y rendre avec les photos.

Arrivée dans son bureau, Catarina s'installa devant l'ordinateur et chercha l'adresse de « Parquet brillant et nettoyage ».

— Ça y est, j'ai trouvé ! C'est au 135, rue Molitor, dans le 16ème. Je note le numéro de téléphone ; comme ça, en chemin, je vais les avertir de mon arrivée.

Elle prit les deux photos qui l'intéressaient et redescendit au taxi avec Guillaume.

En moins de temps qu'il n'en faut pour le dire, ils étaient devant le siège de l'entreprise de nettoyage. Catarina descendit du taxi et pénétra dans l'immeuble. Elle se présenta à l'accueil comme étant Maty H, et fut immédiatement conduite au bureau du directeur. L'employé frappa à la porte et l'ouvrit avant même de recevoir une réponse.

— Monsieur, voici mademoiselle Maty H.

— Parfait ! Faites-la entrer.

— Je vous en prie, mademoiselle, vous pouvez entrer.

— Merci.

Catarina pénétra dans la pièce, serra la main que lui tendait le directeur et prit place dans l'un des fauteuils.

— Vous m'avez intrigué tout à l'heure au téléphone, fit observer le directeur, et je dois le reconnaître, je n'ai pas bien compris la raison de votre visite.

— Pour faire court, je suis à la recherche de l'homme qui m'a sauvé la vie il y a deux jours de cela. Pour être honnête avec vous, ce n'est pas la seule raison. Voyez-vous, en me sauvant la vie il est devenu la prochaine cible à abattre, étant un témoin gênant ! Je suis actuellement son unique chance de salut. La police le recherche pour le mettre en sécurité, mais comme il a déjà eu affaire à elle, il s'en méfie.

— Et vous êtes sûre qu'il travaille ici ?

— C'est du moins ce qu'il m'a dit.

— Vous m'étonnez, car je ne prends ici que des personnes dont le casier judiciaire est vierge.

— Oh ! Il n'avait rien fait de mal ; il a été arrêté étant jeune, en marge d'une manifestation : il s'est trouvé au mauvais endroit au mauvais moment ; en fait, pour aller au travail et en revenir, il devait traverser la place où avait lieu la manifestation. Vingt-quatre heures plus tard, il a été libéré sans aucune charge retenue contre lui et son casier est toujours vierge.

— Ah ! Vous me rassurez. Comment disiez-vous que s'appelle cet homme ?

— À vrai dire, j'ai oublié ; vous savez, dans la panique, tout ce que j'ai retenu c'est son visage et ses paroles de réconfort lorsqu'il m'a sauvée. Si seulement je pouvais le voir, je le reconnaîtrais !

— Je ne peux pas demander à mon personnel de venir, car beaucoup sont au travail ; mais je peux vous montrer des photos, peut-être que vous le reconnaîtrez.

— Oh ! Ce serait vraiment formidable ; ça nous ferait gagner du temps et ça nous permettrait de le mettre en sécurité au plus vite. Vous savez qu'en agissant de la sorte, vous êtes en train de lui sauver la vie. Je me sens responsable de ce qui lui arrive, car si je n'avais pas choisi ce métier, il ne serait pas en danger aujourd'hui.

Trouvant un accent de sincérité dans les propos de Catarina et ayant vu ses papiers de détective privée, le directeur ne douta pas un instant de la véracité de son histoire ; c'est la raison pour laquelle il alla chercher le classeur qui contenait les photos de tous ses employés. Il le lui tendit et elle examina chaque photo jusqu'à ce qu'elle reconnaisse Achille Perlet, l'homme qui avait essayé de la tuer.

— C'est lui ! C'est mon sauveur ! s'exclama-t-elle, ravie.

— Oui, je vois qui c'est. Achille Perlet, c'est quelqu'un de bien ; il travaille dans l'équipe de nettoyage du musée du Louvre. Il m'avait été chaudement recommandé par plusieurs personnes. Le conservateur lui-même m'a demandé de le prendre pour l'équipe de nettoyage.

— Je ne savais pas qu'on pouvait ainsi recommander quelqu'un pour travailler dans un endroit sous haute surveillance !

— Normalement, ce n'est pas comme ça que je fonctionne, mais cette fois-ci, c'était différent.

— Ça veut dire qu'il connaît du beau monde ?

— Ah, ça, pour connaître, il connaît ! En l'embauchant j'ai plutôt fait une bonne affaire, car grâce à ses relations dans la haute société, j'ai trois nouveaux contrats.

— C'est vrai que tout le monde n'a pas la chance de connaître le conservateur du musée du Louvre.

— Et ça, ce n'est rien ; il a même eu des lettres de recommandation d'une comtesse russe, et de bien d'autres personnes.

— Non ? Il a même travaillé en Russie ?

— Oui ; alors vous comprenez que je ne pouvais pas refuser une telle recrue.

— Oh oui ! Je comprends parfaitement ; et c'est grâce à votre décision que je suis toujours en vie aujourd'hui. Pourriez-vous me dire où je peux le trouver ? N'oubliez pas qu'il est en danger et qu'il doit être mis en sécurité au plus vite.

— À vrai dire, il a dû quitter le pays de toute urgence car ses parents sont au plus mal. Il y a quelques jours de cela, il a reçu un télégramme des États-Unis lui disant de revenir au plus vite s'il voulait revoir ses parents en vie.

— Oh ! Après tout, le fait qu'il soit parti le met hors de danger. Plus loin il sera de la France, plus il aura de chances de s'en sortir. Si jamais il revenait au travail dans les jours qui viennent, n'hésitez pas à le garder dans votre bureau, le temps que je vienne le chercher. Je vais vous donner mon numéro de portable ; n'hésitez pas à m'appeler de jour comme de nuit. Et n'en parlez à personne car nous ne savons pas si l'homme qui le recherche n'a pas des complices au sein de votre entreprise.

— Pas de risque à ce niveau-là, je garderai ça pour moi. J'espère que vous arrêterez cet individu le plus rapidement possible.

— C'est ce que la police et moi-même nous efforçons de faire, mais ce n'est pas si simple ! Bon, eh bien il est temps pour moi de partir. Merci encore de m'avoir reçue si aimablement.

Catarina prit congé du directeur et alla retrouver Guillaume à l'entrée.

— Alors ?

— Ça devient de plus en plus intéressant et je crois bien que d'ici peu, nous connaîtrons l'instigateur macabre de toute cette histoire. Je viens d'apprendre que c'est le conservateur du Louvre qui a insisté pour qu'Achille Perlet soit embauché au sein de cette entreprise et c'est lui encore qui a demandé qu'il fasse partie de l'équipe de nettoyage du musée. Martine Corvisart, sa complice, avait elle aussi donné une lettre de recommandation, sous le nom de comtesse Polyana.

— Alors, ça veut dire que c'est le conservateur du musée qui a échangé les tableaux !

— Peut-être, mais pour l'instant je n'ai aucune preuve. Est-ce que lui-même connaissait Achille Perlet, ou est-ce qu'on le lui a recommandé ? La réponse, je l'aurai lorsqu'on ira le retrouver au laboratoire de la police.

— Si je comprends bien, c'est là-bas que nous allons.

— Oui, et pendant que tu nous y conduis, je vais contacter notre ami Paul pour m'assurer qu'il a bien appréhendé Achille Perlet. Allo, Paul ? C'est moi, Catarina ; dis-moi, tu as réussi à les appréhender ?

— Pas tout à fait.

— Comment ça, pas tout à fait ?

— En fait, nous avons Martine Corvisart, mais Achille Perlet a réussi à s'enfuir. Il n'ira pas bien loin car il s'est blessé en voulant nous échapper. Il a sauté par la fenêtre de l'hôtel et s'est mal réceptionné ; du coup, il traînait la jambe lorsque nous l'avons vu s'enfuir ; le temps de descendre, il avait disparu. Mais nous avons sa complice au bureau.

—Vous n'avez pas réussi à appréhender un homme blessé !

— Ne t'en fais pas, Catarina, on va l'arrêter, c'est juste une question de temps. Tu as l'intention de passer ?

— Dès que j'aurai parlé avec Évelyne, au laboratoire.

— D'accord ; à tout à l'heure.

En approchant du laboratoire, Guillaume et Catarina entendirent un homme qui hurlait que c'était impossible que son tableau soit une vulgaire copie, et qu'il s'agissait bien d'un original.

— Calmez-vous, monsieur, disait Évelyne, ça ne sert à rien de crier ; vous savez pertinemment que jamais l'échange n'aurait pu se faire ici, puisque le tableau a toujours été sous la surveillance de vos employés.

Catarina frappa à la porte et l'ouvrit brusquement sans attendre qu'on lui dise d'entrer. Elle lança, sans même se présenter :

— Si vous êtes le conservateur, vous êtes en partie responsable de l'échange de tableaux, et madame ici présente n'y est pour rien.

— Je ne sais pas qui vous êtes, mademoiselle, mais la moindre des corrections serait de ne pas vous immiscer dans une conversation sans y être invitée.

Les circonstances sont aujourd'hui particulières ; après ce que j'ai découvert, c'est de vos réponses que dépendra votre implication dans l'échange des tableaux et dans l'assassinat de M. Marcial.

— Holà ! Pas si vite. Vous parlez d'assassinat ! Je n'ai rien à voir là-dedans.

— Avez-vous recommandé un certain Achille Perlet à l'entreprise « Parquet brillant et nettoyage », et demandé qu'il fasse partie du service d'entretien au musée ?

— Oui, parce qu'il m'avait été chaudement recommandé par certains de nos mécènes.

— Par qui ? Qui sont ces mécènes ?

— Le grand collectionneur d'œuvres d'art Henry Dubreuil, la comtesse...

— Attendez ! Vous connaissez Henry Dubreuil ?

— Naturellement ! Tout le monde connaît M. Henry Dubreuil.

— Et connaissiez-vous M. Marcial ?

— Bien sûr ; c'est grâce à lui que le musée s'est enrichi de plusieurs tableaux de maître, tableaux qui étaient en la possession de M. Dubreuil. C'est justement M. Marcial qui l'a convaincu de nous les vendre.

— Je suis certaine qu'il vous a fourni un certificat d'authenticité, tout comme vous en aviez un pour le tableau *Les Trois Grâces*.

— Évidemment !

— Est-ce que, parmi vos mécènes, vous avez un Russe nommé Arkadiy Ramanov ?

— Non, mais nous avons une comtesse russe du nom de Polyana, ainsi que ...

— La comtesse Polyana ! Attendez une seconde. Dites-moi si vous reconnaissez ces personnes.

Catarina sortit la photo de Martine Corvisart et celle d'Achille Perlet. Le conservateur reconnut immédiatement la comtesse Polyana, mais sur la photo prise par la police apparaissait un autre nom : « Martine Corvisart ».

— Qu'est-ce que ça veut dire ?

— Vous reconnaissez cette personne ?

— Oui, mais c'est la comtesse Polyana, pas Martine Corvisart, ou alors c'est son sosie.

— Et l'homme qui figure sur cette photo ?

— C'est un agent d'entretien. Mais il n'a sûrement jamais eu affaire à la police : nous n'employons pas des gens qui ont un casier judiciaire.

— D'accord, admettons que vous disiez vrai. Donc le jour ou M Marcial est venue vous voir au musée il était accompagné de la comtesse Polyana.

— Ce n'était pas M Marcial, mais Mme Marcial qui était avec la comtesse.

— Vous en êtes sûre ?

— Certain !

— Je comprends tout à présent. Lorsque Mme Marcial est venue vous voir au musée, elle était accompagnée de la soi-disant comtesse Polyana, et comme les journaux avaient parlé de la visite de la comtesse Polyana au palais de l'Élysée, vous avez considéré que c'était la moindre des choses de la recevoir dans votre bureau et de lui montrer en privé *Les Trois Grâces* de Cranach. Et bien sûr, cette visite a eu lieu après la fermeture du musée, lorsque les agents d'entretien étaient en train de faire les bureaux. Sûrement, à un moment donné, une des personnes présentes a fait un malaise ou a reçu un appel téléphonique ; en tout cas, il s'est passé quelque chose qui vous a obligé à quitter des yeux quelques instants le fameux tableau.

Le conservateur se remémora alors la visite de Mme Marcial en compagnie de la comtesse Polyana. Il les revoyait admirant le tableau, quand tout à coup la comtesse Polyana s'était trouvée mal ; immédiatement il l'avait soutenue et assise dans un fauteuil ; puis il était sorti du bureau en trombe pour demander à l'agent qui faisait le ménage dans le bureau d'à côté d'aller chercher une bouteille d'eau au service de sécurité. Il avait attendu son retour sans s'occuper du tableau ; quand l'homme de service, qui n'était autre qu'Achille Perlet, lui avait apporté de l'eau, Mme Marcial avait rassuré le conservateur en lui disant que la comtesse Polyana faisait ce genre de malaise lorsqu'elle n'avait rien mangé depuis longtemps : étant diabétique, elle faisait de l'hypoglycémie. Le conservateur n'avait pas douté un instant de la véracité de ses explications.

Le voyant plongé dans ses pensées, Catarina insista :

— J'ai raison, n'est-ce pas ?

— Si jamais ma vigilance a été détournée du tableau un instant, il n'a pu en aucun cas faire l'objet d'un échange.

— C'est vraiment ce que vous croyez ? N'oubliez pas que ce sont deux escrocs, dont vous n'êtes probablement pas la première victime. Et Mme Marcial est probablement leur complice.

— Vous en êtes sûre ? Pourtant c'est une de nos mécènes, elle est riche ! Non, je ne peux pas croire une telle chose.

— Soit, admettons qu'elle n'y soit pour rien ; pourquoi alors vous a-t-elle recommandé Achille Perlet et surtout Martine Corvisart sous le nom de comtesse Polyana.

— Peut-être qu'elle ignorait que cette comtesse Polyana n'était pas ce qu'elle prétendait.

— Et peut-être que demain en me réveillant, je serai la reine d'Angleterre ! Voyons, ouvrez les yeux !

— Si Mme Marcial est leur complice, pourquoi aurait-elle agi ainsi ?

— Peut-être pour voler les tableaux, tout simplement.

— Dans quel but ? Les collectionner ?

— Non, je dirais plutôt pour les vendre au plus offrant.

— Dans ce cas, pourquoi ce tableau se trouve-t-il en votre possession ?

— Peut-être qu'elle a été doublée par son mari et qu'elle n'a pas apprécié la chose. Maintenant que j'ai toutes les réponses à mes questions, je sais où trouver Achille Perlet. Évelyne, pourriez-vous garder le vrai tableau dans vos murs et me donner la copie ?

— Bien sûr ; qu'avez-vous l'intention de faire ?

— Arrêter deux malfaiteurs !

Pour éviter que le conservateur ne fasse opposition, Catarina lui fit comprendre que s'il coopérait, il pourrait récupérer au plus vite le tableau original.

— Grâce à votre aide, nous pourrons peut-être les arrêter et les empêcher de commettre un autre meurtre.

— Comment ça, un autre meurtre ?

— M. Marcial a voulu les doubler, et il l'a payé de sa vie.

— Vous voulez dire qu'ils ont tué leur complice sans la moindre hésitation ?

— Oui ; mais grâce à votre tableau, je pourrai les confondre.

— Vous n'avez pas l'intention d'agir seule ? intervint Évelyne.

— Non, je vais appeler Paul et lui demander de se rendre avec moi chez Mme Marcial.

— Surtout faites très attention.

— Je serai prudente, ne vous en faites pas.

Catarina demanda au conservateur de ne parler à personne de ce qui était en train de se jouer, ni des échanges de tableaux, ni de la fausse identité de Martine Corvisart, ni de ses complices. « De votre silence dépend la réussite de notre entreprise », conclut-elle.

Chapitre 16
Le dénouement

Catarina prit congé et retourna au taxi avec Guillaume. Elle appela Paul, lui fit part de ses découvertes et de son intention de se rendre chez sa cliente où elle trouverait certainement Achille Perlet, sitôt après avoir été chez le collectionneur Dubreuil récupérer la marchandise du Russe.

— Du coup, tu pourras prévenir Interpol de notre intervention.

— Et en quoi ça peut les intéresser ?

— Tu m'as bien dit qu'ils ont arrêté des Russes pour avoir dévalisé plusieurs bijouteries qui venaient d'acheter des diamants provenant de la mine *Minas Gerais* ?

— Oui, seulement ils n'ont toujours pas réussi à découvrir comment les diamants ont pu quitter le Brésil.

— Je crois que je sais comment ça a pu se faire.

— Tu peux m'expliquer ?

— J'ai lu dans le journal qu'il y a le long du canal de l'Ourcq et de la galerie de la Villette une exposition de totems des géants pensés par Carnavalesco Fabio Ricardo. Ils symbolisent les thèmes et les mythes de l'histoire des Cariocas. Ces totems ont été envoyés en France par avion et stockés au Fret de l'aéroport Charles-de- Gaulle. Toutes les statues avaient été emballées dans des caisses. Mais avant qu'elles quittent le Brésil, les voleurs de diamants ont dû y avoir accès, réussir à en ouvrir une et faire un trou assez large dans l'un des totems pour y cacher leur butin. Ensuite ils ont rebouché avec de la sciure et de la colle avant de refermer la caisse. Je parie que le totem a été déclaré manquant par son propriétaire.

—Tu crois vraiment que ce totem se trouve chez M. Dubreuil ?

— Oui, c'est le message qu'il a laissé sur le répondeur de M. Marcial. Mais à l'origine, le totem ne lui était pas destiné. Je croirais volontiers qu'un complice des voleurs a interverti les étiquettes des caisses pour tromper la police. Il a ainsi fait livrer le totem chez M. Dubreuil et la statue du soldat en terre cuite chez Arkadiy Romanov, qui fait partie de la bande. Avec tout ce que j'ai appris jusqu'à maintenant, j'ai l'impression que le collectionneur Dubreuil et M. Marcial étaient de mèche. Ce que j'ignore encore, c'est s'ils s'entendaient pour échanger les authentiques œuvres d'art contre des faux, ou s'ils revendaient à d'autres collectionneurs les pièces que M. Marcial et ses complices avaient volées.

— Je vois. Ce que je comprends surtout, c'est que cette journée va être très mouvementée. Où dois-je me rendre avec mes hommes ?

— Au 43, avenue Marceau dans le 16ème.

— C'est bon, je te retrouve là-bas.

Avenue Marceau, Catarina attendit l'arrivé de Paul pour aller avec lui sonner chez Henry Dubreuil.

Bonjour monsieur Dubreuil. Je me présente : Maty H, détective privée. J'ai été engagée par M. Marcial pour retrouver la trace du soldat en terre cuite qui vous était destiné.

— Qui est ce monsieur qui vous accompagne ?

— Oh pardon, je n'ai pas fait les présentations. Mon ami Paul est officier de police ; il est venu pour m'aider à transporter le totem que vous avez reçu par erreur.

— Où est mon soldat en terre cuite ?

— Paul et moi-même allons le récupérer ; seulement la personne qui le détient veut absolument retrouver son totem avant de nous rendre votre statue.

— Eh bien, allez-y ! Emportez-le !

Catarina et Paul entrèrent dans l'appartement et virent tout de suite l'énorme caisse ouverte et le totem en bois de deux mètres de haut.

— Waouh ! Je ne le voyais pas aussi grand.

— Sachez que mon soldat en terre cuite est tout aussi grand.

Le totem étant plus lourd qu'ils ne pensaient, Paul demanda à certains de ses hommes de venir leur prêter main-forte. Ils chargèrent le totem dans la fourgonnette, avant de prendre la direction de Pigalle. Ils s'arrêtèrent devant le 35, boulevard de Clichy.

— Paul, tu es prêt ? demanda Catarina.

— Oui, et toi ?

— Oui. Mais j'ai hâte que tout soit terminé.

— Tu n'as rien à craindre, nous sommes là pour te couvrir.

— Bon, j'y vais.

Catarina monta dans le vieil immeuble et frappa à la porte de l'appartement d'Arkadiy Ramanov, dont elle avait trouvé le numéro sur la boîte aux lettres.

— C'est pour quoi ? cria une voix à l'accent russe.

— Monsieur Ramanov, c'est M. Marcial qui m'envoie ; nous avons retrouvé votre totem.

À peine Catarina eut-elle fini sa phrase que la porte s'ouvrit d'un coup sec. Arkadiy Ramanov demanda impatiemment :

— Où est-il ?

— Dans ma voiture.

Il sortit de l'appartement et se précipita en bas de l'immeuble pour se diriger vers la fourgonnette. Il ouvrit la portière et découvrit le totem qu'il attendait. Sans aucune précaution, il sortit un couteau de la poche de son jean et chercha au pied du totem le trou qui avait été rebouché avec de la sciure et de la colle. Il fit sauter le bouchon provisoire du trou, en sortit un petit sac de velours rouge qu'il ouvrit, et versa dans sa main les trente diamants que contenait le sachet. Catarina lui demanda alors :

— C'est bien votre totem ?

Il sortit de la fourgonnette après avoir mis la pochette en velours dans sa poche.

— Oui, oui, c'est bien lui, répondit-il. Mais il se retrouva face à Paul et à ses hommes, qui le tenaient en joue.

— Vous êtes en état d'arrestation pour recel de diamants volés.

— Vous faites erreur, je n'ai pas de diamants !

— Tournez-vous et mettez les mains sur le véhicule.

Voyant que le Russe n'obtempérait pas, Paul s'avança vers lui et le plaqua contre le véhicule pour une fouille au corps ; il trouva la bourse en velours rouge dans la poche droite du pantalon. Il l'ouvrit, découvrant les diamants qu'Interpol et les polices brésilienne et française recherchaient.

Paul lut ensuite ses droits à Arkadiy Ramanov :

— Vous avez le droit de garder le silence ; tout ce que vous direz pourra être retenu contre vous. Vous avez droit à un avocat ; si vous ne pouvez pas vous en procurer un, il vous en sera commis un d'office. Vous avez bien compris vos droits ?

— Oui ! grogna le Russe, en colère de s'être ainsi fait prendre par la police française.

Pendant que Paul procédait à l'arrestation, Catarina et Guillaume retournèrent au taxi.

— Et maintenant, Catarina, où allons-nous ?

— Rendre visite à Mme Marcial.

— Tu devrais prévenir Paul !

— Il a assez à faire avec ce Russe.

— Catarina !

— Lorsque nous serons près de chez elle, je l'appellerai.

— On est assez près à présent pour que tu l'appelles.

— C'est bon !

Catarina prit son portable :

— Allo, Paul…

— Catarina ! Mais où donc es-tu passée ?

— Je vais rendre une petite visite à Mme Marcial, et avec un peu de chance, à Achille Perlet.

— Attends, il ne faut pas que tu l'alertes ! Sinon elle niera tout, son complice se sauvera et nous aurons tout perdu.

— Oui, mais si on ne fait rien, ils auront gagné.

— Je n'ai pas dit que nous ne ferions rien, je te dis juste de ne pas l'inquiéter. Écoute, tu vas chez ta cliente mais tu ne lui dis pas que tu connais la vérité et donc son implication. Tu lui rapportes le tableau comme si c'était l'authentique ; tu lui dis même que tu en as trouvé deux autres. Elle voudra savoir l'endroit où ils sont cachés. Catarina, ce que je te demande de faire est très dangereux car tu seras équipée d'un micro ; nous devons obtenir ses aveux complets.

— Parce que tu crois vraiment qu'elle va m'avouer son crime comme ça, juste parce que je lui demanderai ?

— Ce ne sera pas facile, mais je te connais : tu es capable de faire avouer n'importe quel coupable.

— Soit. Alors, où est-ce qu'on se retrouve ?

— À quelques mètres avant l'entrée de la propriété de ta cliente. On arrive.

Catarina dut attendre une bonne heure dans le taxi l'arrivée de Paul. Elle en profita pour appeler sa cliente pour s'assurer qu'elle était bien chez elle. Elle lui annonça qu'elle avait une nouvelle des plus surprenantes à lui donner, et lui dit aussi qu'elle avait retrouvé son mari.

— Vous l'avez retrouvé ! Où est-il ? Comment va-t-il ?

Le ton de sa voix aurait pu faire douter de sa culpabilité, mais Catarina savait que Mme Marcial jouait un rôle. Comme elle ne voulait pas tout faire échouer, elle se fit compatissante pour dire :

— Les nouvelles que j'apporte ne sont pas bonnes, mais je préfère vous en parler de vive voix.

— Dans combien de temps serez-vous là ?

— Je ne peux pas vous dire exactement, peut-être dans une heure si les bouchons ne nous ralentissent pas trop. Je suis dans un taxi.

— Ne vous inquiétez pas, j'attendrai.

Appelez-moi lorsque vous serez arrivée, car j'ai donné quartier libre à mes employés : c'est moi qui vous ouvrirai le portail.

— D'accord. À tout à l'heure.

Catarina attendit comme prévu l'arrivée de Paul, qui lui installa un micro. Lorsque tout fut en place, Guillaume la conduisit au portail et Catarina appela sa cliente.

— Allo Mme Marcial ? Je viens d'arriver, je suis dans le taxi devant le portail.

— Je vous ouvre.

— Merci.

Catarina était persuadée qu'Achille Perlet se trouvait dans la propriété avec Mme Marcial, et qu'ils n'avaient aucune intention de laisser de témoin gênant derrière eux.

Elle prévint Guillaume, lui dit de laisser tourner le moteur et de partir sur le champ au moindre signe inquiétant.

— Tu crois vraiment que ta vie est en danger ?

— La nôtre, Guillaume ; car s'ils ont donné quartier libre aux employés, c'est justement pour ne pas avoir de témoin.

— Pourquoi ne pas l'avoir dit à Paul ?

— Calme-toi. Paul et ses hommes sont là dehors, et ils savent maintenant ce que je pense. S'il y a le moindre danger, ils sont prêts à intervenir.

Lorsque le taxi arriva devant la porte d'entrée, Guillaume descendit de voiture et ouvrit la portière de sa passagère. Mme

Marcial vint à sa rencontre. Catarina prit le sac contenant le tableau *Les Trois Grâces*, qui était posé sur le siège arrière juste à côté d'elle, et suivit sa cliente dans la grande demeure.

— Vous disiez avoir retrouvé mon mari ?

— Oui, madame, malheureusement les nouvelles que je vous apporte ne sont pas bonnes.

— Que voulez-vous dire ?

Arrivée dans le salon, Mme Marcial pria Catarina de prendre place dans un des fauteuils tandis qu'elle s'installait en face d'elle.

— J'ai le regret de vous annoncer la mort de votre mari.

— Comment !

N'importe qui, en entendant cette voix vibrante d'émotion, aurait pensé que cette nouvelle avait ébranlé Hélène Marcial.

— Mais comment une telle chose a-t-elle pu se produire ? Que s'est-il donc passé ? Où est-il ?

— Le corps de votre mari se trouve actuellement à la morgue. Quant aux raisons qui l'ont conduit là-bas, je dirais que c'est le fait d'avoir voulu escroquer ses partenaires. J'ai découvert durant mon enquête que votre mari possédait des tableaux d'une immense valeur. L'un de ces tableaux n'est autre que *Les trois Grâces*.

— Quoi ? Vous devez faire erreur ! Mon mari ne pouvait posséder un tel tableau !

— Détrompez-vous car le voici.

— Mais qui vous dit qu'il s'agit de l'original ?

— Le test au carbone 14 que j'ai fait pratiquer dessus.

— Vous voulez dire que vous l'avez montré à quelqu'un ?

— Oui, à la technicienne du laboratoire de la police.

— Mais alors ils savent que ce tableau est chez moi !
s'inquiéta Mme Marcial.

— Non, n'ayez crainte, je leur ai dit que c'était le
conservateur du musée qui me l'avait confié pour le faire
expertiser.

— Et ils vous ont crue ?

— Bien sûr, pourquoi douteraient-ils ?

— N'avais-je pas avec moi le tableau *Les Trois Grâces* ?

— Et où se trouvent les autres tableaux que vous avez
trouvés ?

— En lieu sûr, soyez tranquille. Par contre, il faut prévenir
la police tout de suite, afin qu'elle vienne récupérer les deux
autres tableaux.

— Vous voulez dire qu'ils sont ici ?

— Bien sûr, je ne les avais pas tous emportés car je n'avais
pas de voiture, mais je suis persuadée que ce sont tous des
originaux.

— Dans ce cas, dites-moi où ils sont, je me chargerai moi-
même de les rendre à leur propriétaire.

— Pour qu'on vous inculpe de recel d'objets volés ?
Sûrement pas ! Vous avez déjà assez avec la mort de votre
mari sans qu'en plus vous vous retrouviez avec la police sur le
dos. Non, je vais tout leur expliquer ; comme ça, vous serez
hors de cause. De plus, ils doivent mener leur enquête car si
ça se trouve, votre mari a un complice entre ces murs et il faut
l'appréhender au plus vite avant qu'il s'en prenne à vous. Ne
vous inquiétez pas, je vais appeler mes amis de la police. Ils
pourront ainsi veiller sur votre vie et sur les tableaux volés,

car je dois bien le reconnaître, je n'étais pas très à l'aise dans le taxi avec ce tableau authentique.

Tandis qu'elle parlait avec sa cliente, Catarina sortit son téléphone portable et se mit à chercher dans le répertoire le numéro de Paul.

— Que faites-vous ?

— Je vais appeler mon ami Paul, et lui demander de passer chez vous avec ses hommes.

Au même instant, elle entendit une voix masculine derrière elle, qui lui ordonnait de poser son téléphone.

— Comment ? dit-elle avec surprise.

— Oh ! Mais vous êtes l'homme du box de M. Marcial ! Qu'est-ce que ça veut dire ? demanda-t-elle à sa cliente d'un ton quelque peu inquiet. Comment se fait-il qu'il soit ici ?

— Mme Marcial vous a posé une question tout à l'heure et elle attend toujours la réponse. Alors, à moins de vouloir subir le même sort que son mari, vous feriez bien de répondre !

— Mme Marcial ! Vous connaissez cet homme ? Mais c'est lui qui a tué votre mari !

— Hé là ! Tout doux, ma belle, je ne l'ai pas tué, il est mort tout seul.

— Parce que pour vous, couper les mains de quelqu'un qui est toujours en vie sans lui mettre de garrot, ce n'est pas tuer ?

— S'il n'avait pas essayé de nous doubler, il serait toujours en vie et nous serions tous très riches à l'heure qu'il est.

— Et vous, Mme Marcial, vous avez cautionné tout ça ? Donc, quand vous êtes venue me voir, soi-disant inquiète de la disparition de votre mari, ce n'était que du cinéma ! Vous

vous êtes sans doute dit qu'un ancien mannequin serait trop stupide pour découvrir la vérité !

— C'est plus ou moins ça ! répondit Mme Marcial avec un sourire ironique.

— Désolée de vous décevoir, mais je n'ai nullement l'intention de me laisser tuer comme un lapin ; pour ce qui est des tableaux, vous pouvez toujours courir pour que je vous dise où ils sont cachés.

— Je crains que vous ne vous fassiez une fausse idée de votre courage, Catarina, dit Mme Marcial.

D'un signe de tête, elle donna l'ordre à Achille Perlet de faire entrer quelqu'un. Il ouvrit brusquement la porte, passa son bras à l'extérieur et attira dans le salon Guillaume parfaitement bien ficelé et bâillonné.

— Puisque vous ne voulez pas parler, vous ne verrez aucun inconvénient à ce qu'on se débarrasse d'un témoin gênant, dit Mme Marcial.

— Attendez ! cria Catarina. Ne lui faites pas de mal, il n'est pour rien dans cette histoire. Mais quel genre de femme êtes-vous ? N'avez-vous donc pas de cœur ?

— Du cœur ! Pour quoi faire ?

— Votre mari est mort et cela ne vous fait rien ; maintenant vous voulez tuer un innocent ?

— Dommage collatéral. Sachez, pour votre gouverne, que j'ai horreur qu'on me sous-estime. Mon cher mari a cru qu'il pourrait me doubler en se passant de moi pour la vente des tableaux ; ce fut une très grosse erreur de sa part, qui lui a été fatale. J'ai un accord avec mon acheteur et j'honore toujours mes accords ; si pour y arriver, je dois me débarrasser de ce vermisseau, je le ferai sans la moindre hésitation.

— Vous voulez les tableaux ? D'accord, je vous les donne, mais en échange vous le laissez partir.

— Vous n'êtes pas en mesure d'exiger quoi que ce soit ! Si à trois vous ne m'avez pas dit où sont les tableaux, il est mort ! dit Mme Marcial sur un ton menaçant.

Comprenant qu'elle ne plaisantait pas et trouvant qu'elle avait assez nettement avoué son implication dans la mort de son mari, Catarina décida qu'il ne lui restait plus qu'une carte à jouer. Aussi, sans se démonter, elle feignit de céder et demanda qu'on coupe les liens de Guillaume.

— Tout à l'heure peut-être, répondit Mme Marcial.

— Tout de suite, ou vous pouvez dire adieu à votre précieux tableau *Les Trois Grâces*.

Sans lui laisser le temps de réagir, Catarina prit le tableau et sortit de sa poche de pantalon le canif qui ne la quittait jamais.

— Vous ne perdrez que quelques millions, après tout ; mais si je fais la même chose avec les deux autres tableaux, votre réputation sera perdue à jamais. Et votre acheteur vous considérera comme quelqu'un qui ne respecte pas ses engagements. Personne ne vous achètera un tableau lacéré. Je n'ai nullement l'intention de jouer ; alors soit vous le libérez sur-le-champ, soit vous dites adieu à votre tableau.

Voyant que personne ne bougeait, elle planta la lame dans le tableau, et le lacéra tout du long.

— Non ! cria Mme Marcial.

Furieux, Achille Perlet brandit un revolver et tira une balle dans l'épaule de Catarina pour la punir. Malgré la douleur, elle serra les dents et se redressa de toute sa hauteur, et furieuse elle dit à Mme Marcial :

— Libérez cet homme maintenant, ou vous perdrez à jamais les deux autres tableaux.

Comprenant qu'elle était prête à tout, Mme Marcial ordonna à Achille Perlet de libérer le prisonnier, ce qu'il fit à contrecœur. Catarina ordonna à Guillaume de monter dans son taxi et de quitter la propriété sur-le-champ.

— Quant à vous, dit-elle à Mme Marcial, vous lui ouvrirez le portail et lorsqu'il sera sorti de la propriété, je vous conduirai aux deux autres tableaux.

Mme Marcial ouvrit le portail à Guillaume. Comme elle revenait vers Catarina, elle ne remarqua pas la horde de policiers qui s'infiltraient dans la propriété par le portail ouvert.

Guillaume alla se garer loin de tout regard indiscret. Les hommes prenaient position à l'extérieur de la demeure ; ils n'attendaient que l'ordre de Paul pour donner l'assaut.

Celui-ci suivait de loin la conversation de Catarina et malgré l'envie qu'il avait d'intervenir, il attendait le feu vert de la jeune femme ; car avant qu'elle se rende chez Mme Marcial, ils avaient convenu d'un code pour déterminer le moment critique : elle devait dire : « vous avez gagné et j'ai perdu ». Mais Catarina ne disait toujours pas ces mots et malgré l'issue fatale qui l'attendait, elle conduisit Mme Marcial et Achille Perlet dans la pièce où elle avait trouvé *Les Trois Grâces* et leur montra l'établi.

— On a laissé partir le chauffeur de taxi ; alors dites-nous où se trouvent les tableaux ! fit Mme Marcial, furieuse.

— Juste devant vous.

— Il n'y a rien devant moi.

— Il y a un établi, qui n'est qu'un leurre ; à l'intérieur de cet établi se trouvent les deux caisses qui contiennent les deux tableaux volés.

En entendant cela, Mme Marcial et Achille Perlet se précipitèrent sur l'établi et constatèrent qu'effectivement c'était un trompe-l'œil, et qu'il dissimulait des caisses. Ils les ouvrirent et découvrirent les deux tableaux qu'ils avaient volés quelque temps auparavant. Mme Marcial se redressa :

— Maintenant que nous avons ce que nous voulons, vous ne nous êtes plus d'aucune utilité.

— C'est sûr, vous avez gagné et j'ai perdu, articula nettement Catarina, mais parfois le destin prend des chemins tortueux auxquels on ne s'attend pas.

Alors qu'Achille Perlet allait lui tirer dessus, les policiers se ruèrent dans la pièce, le désarmèrent sans ménagement avant qu'il ait eu le temps de faire feu et le menottèrent. Il en fut de même pour Mme Marcial. On leur lut leurs droits, avant de les conduire dans le fourgon cellulaire. Paul vint soutenir Catarina qui commençait à sentir une grande faiblesse, due au sang qu'elle perdait de par sa blessure à l'épaule.

— Hé là, ma belle, tu n'as tout de même pas l'intention de tourner de l'œil ! Tu veux vraiment que je me fasse taper sur les doigts par ton fiancé et par mon chef pour avoir trop attendu pour intervenir ?

— Tu as tout ce qu'il te faut pour les faire inculper du meurtre de M. Marcial ?

— Oui, j'ai tout, soit dit en passant, tu aurais pu donner le feu vert beaucoup plus tôt.

— Je ne voulais pas qu'on manque de preuves.

— Peut-être, mais un peu plus et tu y restais !

— Je ne risquais rien, tu étais là pour me protéger.

— Catarina !

— Tu n'as pas l'intention de t'acharner sur une faible femme qui a reçu une balle dans l'épaule, n'est-ce pas ? Ho, ho ! Je ne voudrais pas t'arrêter dans ton élan, mais si tu ne me conduis pas tout de suite à l'hôpital, je risque vraiment de tomber dans les pommes.

Paul hurla à ses hommes qu'on lui envoie sur-le-champ les infirmiers.

Presqu'aussitôt, deux infirmiers arrivèrent pour prendre soin de Catarina. Ils stoppèrent l'hémorragie à l'aide d'un pansement compressif et d'un bandage et la mirent immédiatement sous perfusion. L'ayant ainsi stabilisée, ils l'allongèrent sur le brancard et l'emmenèrent dans l'ambulance, suivis de près par Paul qui, inquiet de l'état de santé de son amie, interrogea le médecin qui s'occupait d'elle.

— Ça va aller ; elle a eu beaucoup de chance que la balle ne touche aucune artère.

— Mais elle perd beaucoup de sang.

— Ne vous inquiétez pas ; avec le pansement qu'on vient de lui faire, ça devrait s'arrêter.

— Où la conduisez-vous ?

— À l'hôpital de la Salpêtrière.

— Parfait, partez immédiatement ; je vais demander à l'un de mes hommes de vous escorter jusqu'à l'hôpital.

À peine eut-il dit cela qu'il vit surgir Guillaume, très inquiet.

— Comment va-t-elle ?

— Ça va aller, elle s'en sortira ; mais elle doit être conduite de toute urgence à la Salpêtrière. Tu veux bien la suivre avec ton taxi ?

— Oui, et je préviendrai sa famille une fois sur place.

Je vous retrouve tout à l'heure ; pour l'instant, je suis bloqué ici.

Paul donna des ordres pour qu'un de ses hommes ouvre le passage à l'ambulance.

Catarina arriva à l'hôpital sous bonne escorte ; elle fut aussitôt prise en charge par les infirmières et envoyée au bloc opératoire. Elle fut conduite en salle de réveil. Par prudence, on la garda vingt-quatre heures en observation.

— Tu as l'intention de me faire mourir avant l'heure ou quoi ? s'exclama sa tante lorsqu'elle vint la voir à l'hôpital.

— Ce n'est rien, tante Gina, je vais bien ; tout est terminé, et les assassins de M. Marcial sont sous les verrous. Mon enquête est enfin bouclée ; quant à l'homme qui a essayé de me tuer, il est lui aussi entre les mains de la police.

— Tant mieux ; on pourra enfin vivre tranquilles sans s'inquiéter toutes les cinq minutes pour ta vie.

À ce moment-là, Anthony entra dans la chambre.

— Tu sais, si le fait de me voir remplacer mes collègues te gênait tant que ça, il te suffisait de me le dire. Pas la peine de te faire hospitaliser tous les quatre matins, plaisanta-t-il.

— Je vois que tu as le sens de l'humour.

— Comment te sens-tu ?

— Ça va, Anthony, je vais bien ; encore un peu vaseuse à cause de l'anesthésie, mais ça va. S'il n'y a pas de problème, je rentre demain.

Au même instant, Paul entra, suivi de près par Guillaume.

— Félicitations, Catarina : tu viens de démanteler un très gros trafic de tableaux volés. Grâce à toi, les voleurs et les commanditaires du meurtre de M. Marcial ont été appréhendés et ils ne sont pas près de sortir de prison. Tu seras remerciée officiellement par les conservateurs des différents musées dont les tableaux ont été frauduleusement subtilisés, ainsi que par Interpol et tous les bijoutiers à qui les diamants ont été volés, sans oublier les polices française et brésilienne pour avoir permis le démantèlement d'un vaste réseau de voleurs de diamants et de receleurs d'œuvres d'art.

— Tu veux dire…

— Que le collectionneur Henry Dubreuil était un receleur : il avait pour habitude d'acheter les tableaux volés que M. Marcial lui proposait. Par contre, ce n'est pas lui qui a tué M. Marcial mais Achille Perlet. Quant au Russe Arkadiy Ramanov, il ne connaissait pas M. Marcial. La statue du soldat en terre cuite qui était dans son appartement a été authentifiée comme faisant partie des statues funéraires représentant les troupes de Qin Shi Huang, le premier empereur de Chine. D'après le certificat d'authenticité, elle était enterrée dans les fosses du mausolée de l'empereur Qin, non loin de la ville de Xi'an dans le Shanxi. Mais ce n'est qu'une contrefaçon provenant de Chine. Il faut dire que les faussaires chinois ne savent plus quoi imaginer pour approcher au maximum de l'original, allant jusqu'à acheter des débris et de la poussière provenant de sites archéologiques chinois. Ils les mélangent à de la colle à base de riz ancien trouvé dans les tombes, et fabriquent ainsi leurs statues. Seulement les particules emprisonnées dans l'eau lors de la fabrication les ont trahis. Enfin, je peux te dire qu'aujourd'hui tu es devenue officiellement détective privée. Car tu viens de faire tes preuves. J'espère que tes prochaines enquêtes seront beaucoup moins mouvementées.

— Je te promets de faire appel à toi pour venir à ma rescousse si jamais les choses deviennent trop dangereuses pour moi.

— Et tu crois vraiment que je ferai ça gratuitement ?

— Quel sera le prix à payer sinon ?

— Une tarte au citron meringuée, dit Paul avec un large sourire.

— Tu sais que tu risques de l'attendre très longtemps ?

— Je ne crois pas ; te connaissant, je suis sûr qu'il ne te faudra pas longtemps pour te mettre dans le pétrin.

C'est très exactement ce qui arriva peu de temps après. Mais ça, c'est une autre histoire, ou plutôt une autre affaire. Pour en finir avec celle-ci, disons que Mme Marcial donna le nom de ses receleurs en échange d'une peine allégée. Elle évita ainsi la perpétuité et n'écopa que de quinze ans de prison ferme. Martine Corvisart fut condamnée à dix ans de prison. Achille Perlet, quant à lui, fut condamné à vingt-cinq ans de prison pour homicide volontaire.

Lorsque Catarina sortit de l'hôpital, les journalistes se pressèrent en masse pour apprendre d'elle le fin mot de l'affaire. Ne pouvant pas dévoiler tous les détails avant la fin du procès, elle se contenta de leur dire qu'elle était désormais une détective privée reconnue et prête à mener une nouvelle enquête si l'occasion se présentait.

Le lendemain, elle reçut les remerciements officiels des conservateurs des trois musées à qui appartenaient les tableaux volés, ainsi que d'Interpol, de la police brésilienne, de la police française et des joailliers auxquels les diamants avaient été dérobés.

Les parents de Catarina et ses frères avaient pris l'avion pour Paris afin de la convaincre de retourner en Italie avec eux. Mais ce fut peine perdue ; elle refusa fermement de les suivre, tout en cherchant à les rassurer.

— Vu que vous êtes ici, je vais en profiter pour vous présenter mon petit ami. Il s'appelle Anthony Montreuil et il est pompier. Mais je vous préviens tout de suite : n'essayez pas de l'intimider ou vous aurez affaire à moi. De plus, j'ai des amis ici, et certains d'entre eux sont policiers ; si vous n'êtes pas corrects, je leur demanderai de vous mettre en détention pour vous remettre les idées en place.

En l'entendant parler de la sorte, tous se rendirent compte qu'elle n'était plus la petite Catarina qu'ils connaissaient. Elle était devenue une femme solide qui savait ce qu'elle voulait. Elle était heureuse auprès de son fiancé et prête à tout pour le protéger. Ils firent connaissance de ses nouveaux amis, comprirent qu'elle était bien entourée et qu'ils n'avaient plus de soucis à se faire à son sujet. Elle leur présenta son bureau et leur fit un compte rendu complet de son enquête. Ce qui eut pour effet de les laisser sans voix et très fiers d'elle.

Durant leur séjour à Paris, Guillaume leur fit visiter la capitale. Il raconta comment il avait fait la connaissance de Catarina et comment ils étaient devenus amis.

— Vous avez une fille qui est vraiment quelqu'un de spécial, dit-il à sa mère, et je vous promets, madame, de toujours veiller sur elle.

— Je sais que vous le ferez, comme vous l'avez déjà fait ; sans vous, elle ne serait plus de ce monde.

Les parents de Catarina, convaincus que leur fille était entre de bonnes mains, repartirent rassurés, non sans lui avoir fait promettre de venir leur rendre visite très bientôt avec son fiancé.

*

Et voilà, c'est la fin de ma première affaire en tant que détective privée, celle qu'on a appelée *L'affaire Marcial*. J'espère que ce récit vous aura montré comment mener à bien une enquête, honorer ses engagements et obtenir une très bonne réputation d'enquêtrice au sein de la police et auprès des médias. C'est comme ça que les affaires vous tomberont dessus, sans même qu'il soit nécessaire de les chercher.

Dans mon prochain récit, je vous raconterai ma deuxième enquête, encore plus mouvementée que celle-ci ; mais c'est une autre histoire.

FIN

DE LA MÊME AUTRICE
Édité chez BoD

La princesse pirate (version française)
La princesa pirata (version espagnole)
The pirate princess (version anglaise)

La jeune fille et le brigand (version française)
La bella y el bandolero (version espagnole)

1 - Maty H détective privée

Mes livres papier et numériques sont référencés et distribués dans des milliers de librairies physiques et en ligne.

Amazon, Fnac, Cultura, place des libraires, Decitre Chapitre.com, Google Play, Kobo.